나는 신천지에서
20대, 5년을 보냈다

나는 신천지에서
20대, 5년을 보냈다

펴낸날 2020년 4월 27일

지은이 김동규, 박형민

펴낸이 주계수 | **편집책임** 이슬기 | **꾸민이** 김소은, 이화선

펴낸곳 밥북 | **출판등록** 제 2014-000085 호

주소 서울시 마포구 양화로 59 화승리버스텔 303호

전화 02-6925-0370 | **팩스** 02-6925-0380

홈페이지 www.bobbook.co.kr | **이메일** bobbook@hanmail.net

ISBN 979-11-5858-657-7 (03810)

※ 이 도서의 국립중앙도서관 출판시도서목록(CIP)은 e-CIP 홈페이지(http://www.nl.go.kr/cip)에서 이용하실 수 있습니다. (CIP 2020013879)

김동규 | 박형민

나는 신천지에서
20대, 5년을 보냈다

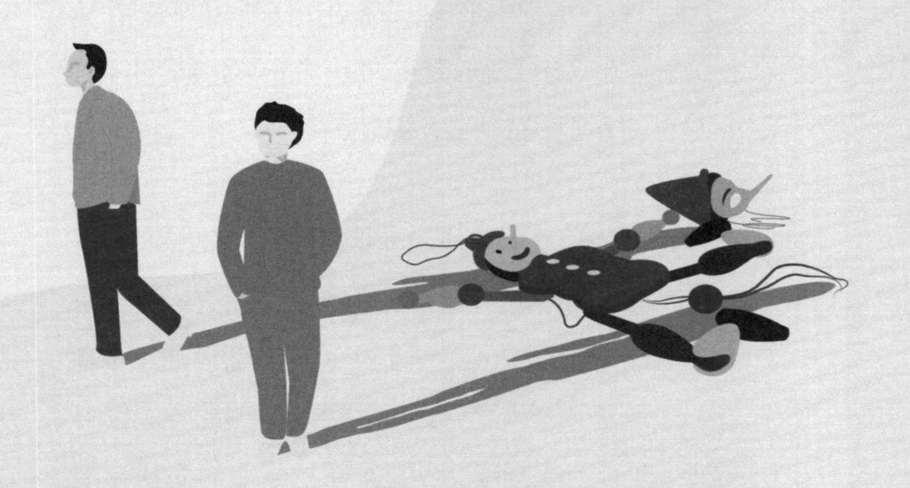

작가의 말

•

형민

2014년 6월 23일, 나는 신천지 센터에 입교했다. 나는 그곳에서 20대, 5년을 보냈다. 그곳에서 빠져나온 건, 2019년 9월 2일의 일이다. 지난 시절을 생각할 때면, 참을 수 없는 부끄러움과 분노의 감정이 소용돌이친다. 내가 가지고 있는 신천지 신도 명단을 공개해야겠다는 생각도 했다. 그러나 깊이 생각해보니, 그들은 언제든 대체될 수 있는 조직의 부속품에 불과했다. 나는 반사회적 집단의 진실을 알릴 실효성 있는 수단을 고민했다.

2019년 9월, 나는 내가 신천지에서 겪었던 일들에 대한 글을 쓰기 시작했다. 나의 좋은 습관 중 하나는 매일 일기를 쓰는 것이다. 내가 신천지에 처음 갔을 때, 이만희 교주가 예배 도중 이런 말을 한 적이 있다. "여러분 신앙을 하면서 느끼는 것을 매일 일기에 쓰면 나중에 아주 멋진 책 한 권이 될 겁니다!" 그가 한 말 중에 몇 안 되는 '진실' 중 하나였다. 나는 그 이전부터 매일 일기를 쓰고 있었고, 내 일기는 실제로 '아주 멋진 책'이 되어버렸다. 물론 신천지의

멸망에 기여하는 방향이지만 말이다.

2019년 9월, 나는 비로소 신천지 탈퇴자가 되었다. 빅터 프랭클은 인간이 스스로가 취할 태도를 선택할 자유를 최소한의 자유로 규정했다. 그 시절, 나는 인간으로서 누려야 할 최소한의 자유조차 박탈당했다. 나는 그들에게 이용당한 피해자이자, 누군가에게 배신감을 안겨준 가해자였다. 나에게는 잘못된 조직에 일조한 책임이 있다. 나는 진실을 알리고, 또 다른 피해자가 나오는 것을 막기로 했다. 모든 것을 글로 정리하고, 나는 비로소 자유로워졌다.

작가의 말

동규

나는 '신천지'로 인해 겪어야 했던 지난 시절의 방황을 없었던 일로 하고 싶었다. 그 시기를 떠올리는 것만으로 괴로움과 부끄러움에 사로잡혔기 때문이다. 나에게 그 시기는 영원히 감추어야 할 낙인이었다. 나는 그곳을 빠져나온 이후에도, 광주에서 활동가로서 살아가며 그들과 종종 마주쳤다. 2017년, 신천지 베드로지파가 자행한 전남대학교 총학생회 선거개입 사건 때는, 소중한 사람들이 그들로 인해 상처받는 모습을 지켜볼 수밖에 없었다. 나는 그들을 보며, 인간의 어느 일면에 대한 고민에 빠졌다.

지난 8년간, 나에게 형민은 가장 소중한 친구였다. 나는 그를 통해 신천지라는 집단과 만났다. 그는 한때 '신천지' 그 자체였다. 그러나 나는 그가 언젠가는 변할 수 있을 것이라고 신뢰했다. 2020년 3월, 형민은 한때 자신이 전도했던 사람에게 연락해서 미안하다고 사과했다. 그 사람 역시 이미 신천지를 그만둔 상태였다. 그는 흔쾌히 형민의 사과를 받아주었다. 나도 형민에게 사과를 받았다. 인간은 대체 어디까지 변모할 수 있는가. 나는 '신천지'를 바라보며, 집단에 의해 개인이 변화해가는 모습을 피부로 실감했다. 그러나, 그렇기 때문에 우리는 '인간의 변화를 신뢰해야 한다는 것'을 기억해야 한다. 이것이 내가 내린 결론이다.

이 책에 부끄러운 과거를 경험으로 포장하기 위한 욕심이 없다고 한다면 그것은 거짓말일 것이다. 그러나 더 이상의 피해자가 등장하지 않기를 바라는 마음으로, 우리 두 사람 삶의 한 시절을 담담하게 썼다.

차례

작가의 말 · 형민 _4
동규 _6

제1장 | 신천지에 들어가다

01 / 어느 죽음과 방황 _12
02 / 우물 안 개구리, 우물 안 개구리를 만나다 _16
03 / 센터에 가다 _19
04 / S를 풀다 _29
05 / 인섬교를 풀다 _34
06 / 신천지 생활을 시작하다 _37

제2장 | 절친, 김동규를 전도하라

01 / 제안과 만남 _54
02 / 미끼를 물다 _59
03 / 보이지 않는 실체 _62
04 / 이곳이 신천지라니… _69
05 / 막는 자와 떠나는 자 _74
06 / 우정의 갈림길 _79

제3장 | 광야에 홀로서기

01 / 몰려오는 회의감 _86
02 / 군대에 가다 _92
03 / 신천지와 싸우다 _96

제4장 | 신천지, 그들의 실체

01 / 반사회적 집단, 신천지 _108
02 / 신천지 교주 '이만희' _116
03 / 신천지 조직체계 _120
04 / 전체주의, 독재국가와 신천지 _129
05 / 신천지 7단계 전도 과정 _133

제5장 | 신천지, 전남대 선거에 개입하다 - 김동규

01 / 2016년, 그날 이후 _ 144
02 / 흔들리는 선거운동본부 _ 151
03 / 신천지, 학생사회를 무너뜨리다 _ 157

제6장 | 신천지와 사회

01 / 신천지, 그들의 역사 _ 162
02 / 신천지, 그들의 비도덕성 _ 174
03 / 신천지에는 최소 300만명의 개인정보가 있다 _ 180
04 / 신천지는 '교회 탐방'을 부서별로 할당한다 _ 182
05 / 신천지와 소수자 _ 185

작가의 말 · 형민 _ 188
동규 _ 190

제1장

신천지에 들어가다

01 어느 죽음과 방황

이야기를 시작하기에 앞서 내 고등학교 시절을 언급할 필요가 있다. 고등학교 2학년이던 2013년, 나는 통합진보당 계열 청소년 단체 '21세기 청소년공동체 희망 광주지부'에서 활동했다. 학교 밖에서 마주한 단체 경험은 모든 면에서 새로웠다. 해당 단체는 봉사 활동을 통해 청소년들을 모집했다. 그러나 다수 청소년들을 모집한 이후에는 본색을 드러냈다. 그들의 목적은 청소년들을 신규 조직원으로 길러내는 데 있었다. 그들은 청소년들과 어느 정도 친분을 형성한 후 통합진보당 입당을 종용했다. 그들은 청소년들의 연애, 가정사, 개인사와 같은 사적 영역에 침범했고, 선배로 행세했다. 심지어 본인들의 회의 자리에서 청소년 회원들의 연애 문제를 토론하기도 했다. 그들의 행태는 신천지 전도수법과도 매우 닮아있었다. 나는 그들에게서 6·25 전쟁 당시 남한이 북한을 먼저 공격했다는 주장을 듣기도 했다. 어이없다는 표정으로 발언자를 빤히 쳐다보자, 그는 횡설수설 끝에 다른 이야기를 꺼냈다. 지금 생각해보면, 그들은 별다른 대안을 제시하지 못하고 반미와 미군철수만을 부르짖는 현실 감각 없는 사람들이었다. 나는 '희망'에서 다양한 사람들을 만났고, 여러 행사들을 기획했다. 나로서는 새로운 경험이자 세계관의 확장이었다. 나에게 '희망'은 이런 '우물'도 있다는 것을 알게 해준 곳이었다. 딱 그 정도 단체였다.

그곳을 그만둔 계기는 이렇다. 2013년 12월, 나는 '희망' 회원들과 함께 서울에서 열린 집회에 참석했다. 그날 집회에는 3만 명이 넘는 사람들이 함께했다. 누군가의 눈에는 난동꾼들이고, 누군가의 눈에는 활동가들이며, 누군가의 눈에는 혁명가들이었을 사람들이 모였다. 나에게 집회 참여는 청소년 시절의 일탈이었다. 그것은 학교 밖에서 마주한 새로운 경험이었다. 그날, 나는 도로 위에 서 있었고, 수많은 사람들이 마치 물결처럼 끝없이 이어져 있었다. 나는 이와 같은 작은 발걸음이 사회를 변화시킨다고 믿고 있었다. 3만 군중의 함성이 울려 퍼지자, 경찰이 행진을 저지했다. 우리는 포위를 뚫고, 서울역, 명동거리, 광화문광장, 청계천을 뛰어다녔다.

그러나 나는 이날 스스로가 옳은 일을 하고 있다는 믿음을 잃어버리게 되었다. 누군가가 지나가는 경찰관을 의도적으로 넘어뜨린 후 조롱하는 모습을 봤다. 그저 자신이 이 자리에 있다는 이유만으로 위대한 일을 하고 있다고 착각하는 사람들이 눈에 들어오기 시작했다. 이날, 함께 시위에 참석했던 사람이 분신자살을 시도했다. 그의 자살을 만류한 사람들도 있었지만, 어떤 이들은 아직 그가 사망하지 않았다는 소식을 접하고, 열사가 탄생할 뻔했는데 아쉽다고 말했다. 2014년 초, 나는 '희망'에서의 활동을 정리하고 삶과 죽음에 대해 고민하기 시작했다.

그날 이후, 나는 한동안 죽음이라는 주제에 천착했다. 나는 인간의 유한성, 필멸성을 마주함으로써 삶에 회의감을 느꼈다. 아무리 위대한 사람이 되어도 결국 영원한 시간 앞에서 잊혀질 것이란 생각이 들었다. 나에게는 문제가 해결될 때까지 방법을 찾는 습관이 있다. 그러나 몇 달을 고민해도, 해결책을 찾을 수 없었다. 그해 겨울, 나의 세계관은 완전히 고장 나버렸다. 그때부터 나의 일상은 강제된 생명의 의무감으로 지속되는 감옥이나 다름없었다. 태어난 것은 나의 선택이 아니었으나, 살아가는 것은 나의 책임이었다. 나는 발전을 추구하며 부단히 할 일을 찾고 싶었다. 그러나 존재에 대한 냉소가 그것을 가로막았다. 끈기도 의지도 열정도, 싸늘하게 식었다. 아니, 식어버리다 못해 굳어버렸다. 나는 조직의 부품을 그만두고 평범한 고등학생으로 돌아갔다.

그해 겨울, 나는 앞으로의 인생에 대해 고민하기 시작했다. 머릿속으로 다양한 삶의 모습과 방향성을 그려보았다. 그러나 그 끝은 언제나 죽음으로 귀결되었다. 밤을 새워가며 미래를 고민하다가도 인간 존재에 대한 의문을 느꼈다. 그즈음 나는 존재의 이유를 찾기 위해서 틈만 나면 공상에 빠졌다. 얼마 후, 나는 하고 싶은 일들을 노트에 필기하기 시작했다. 앞으로 꼭 해보고 싶은 일들을 버킷리스트에 적었다. 나는 거기에 '성경 통달'을 적어넣었다. 나는 성경에 대한 호기심을 가지고 있었다. 어린 시절부터, 아버지가 항상 작은 목소리로 성경을 읽는 모습을 보아왔기 때문에, 무의식적으로 생겨난 호기심이었다.

02 우물 안 개구리, 우물 안 개구리를 만나다

2014년 3월, 나는 고등학교 3학년이 되었다. 나는 학교에 직업반 지원서를 제출했다. 곧 학교에 다니는 대신, 광주 동구에 위치한 직업 학원에 다니게 되었다. 그즈음 나는 학원이 끝나면 금남로를 헤매고 다녔다. 길이 보이지 않았다. 그러던 어느 날 나는 국립아시아문화전당 근처 카페 앞에서 선교를 준비 중이라는 기독교인 두 사람을 만났다. 그들은 선교를 가기 위해 스피치를 하고 평가서를 받아야 한다며, 이야기를 들어달라고 했다. 나는 카페에서 그들과 이야기를 나누었다. 두 사람은 신천지 베드로지파 광주교회 청년회 지혜부 소속이었지만, 나는 큰 의심 없이 교회 사람들이라고만 생각하고 있었다. 나는 그들에게 성경에 관해 질문을 했다. 나의 질문을 들은 두 사람은 성경을 가르쳐주는 교사를 소개해 주겠다고 했다. 지금 생각해보면, 두 사람은 기회를 잡았다는 듯한 표정을 하고 있었다. 나는 마음 한편에서 하나님이 나의 기도를 들어준 것이었으면 좋겠다고 생각했다.

얼마 후, 소개받은 교사를 만나 수업을 들었다. 그는 인상 깊을 정도로 큰 키를 가진 여성이었다. 그러나 그는 청소년 단체에서 마주했던 것과 같은, 광기에 빠진 눈빛을 하고 있었다. 그것은 분명 신념에 빠진 사람의 눈빛이었다. 그 눈빛은 부담스러우면서도 인상적이었다. 나는 첫 만남에서 그가 확고한 신념을 가진 사람이라고 생각했다. 학원을 제외하고 특별히 할 일도 없었기 때문에, 나는 호기심을 채우기 위해 수업을 계속 들었다. 광주 동구 YMCA 뒤편에 조용한 골목이 있다. 나는 그곳에 있는 낡은 건물 4층에서 수업을 받았다. 그곳에는 '예다움'이라고 불리는 신천지 위장 모임방이 위치했다. 나는 이곳이 공부방이라는 말을 듣고, 1시간에 2천 원이면 나름 괜찮은 가격이라고 생각했다. 교사에게 나도 공부할 일이 있을 때 이곳을 사용할 수 있냐고 물어봤더니, 교사는 당황해하며 이곳은 회원제라서 불가능할 것 같다고 대답했다. 물론 나는 이 회원제가 '신천지 회원제'일 거라는 상상은 꿈에서도 하지 못했다.

교사는 성경공부를 2번 정도 진행한 후, 나처럼 성경을 배우고 싶어 하는 사람이 있다며 모임에 참여시키자고 했다. 그의 나이는 29살, 훗날 알게 되었지만 '인도자' 컨셉이었다. 몇 차례 세 명이서 만남을 가진 후, 또다시 같은 방식으로 한 사람이 더 합류했다. 24살 전남대 휴학생, 그는 '섬김이' 컨셉이었다. 당연한 일이지만, 교사는 물론이거니와, 새롭게 합류한 두 사람 모두 신천지 신도였다. 신천지 전도 전략상 두 사람은 신입 수강생을 감시하는 역할이었다. 이미 한 사람을 세 사람이 에워싸고 있었다. 그것도 19살이던 나보다 나이가 10살 이나 많은 사람들이었다. 그들은 나와의 친분이 부족하다고 판단했는지, 함께 노래방에 가거나, 바닷가에 놀러 가자고 제안했다. 그러나 나는 그들과 감정적 유대 관계를 맺을 생각이 없었다. 나는 애초부터 성경을 배워보고 싶었던 사람이었다. 회의 자리에서 나에 대한 이야기를 나누었을 그들의 모습을 생각하니, 씁쓸함이 밀려온다.

신천지는 1:3으로 수업을 진행하는 시기를 '복음방 단계'라고 부른다. 당시 나는 식당에서 아르바이트를 하고 있었다. 정확히 2014년 4월로 기억한다. 서빙을 하던 중에 '세월호'에 대한 뉴스 속보를 접했기 때문이다. 함께 뉴스를 접한 사람들은 하나같이 충격에 빠졌다. 식당 직원은 숨죽여 울고 있었고, 사람들의 표정은 말로 표현하기 힘들 정도로 심각했다.

어느 정도 복음방 과정이 진행되자, 교사가 성경을 더 전문적으로 배울 수 있는 곳이 있다고 했다. 그는 지금 하는 알바는 그만두는 게 나을 것 같다고 이야기했다. 대신 블로그 포스팅 알바를 소개해 주겠다고 제안했다. 나는 싫다고 말했다. 이미 수업이 끝난 상황이었지만, 나와 교사의 이야기가 길어지자, 다른 두 사람도 자리를 뜨지 않았다. 나중에 인도자에게 들었는데, 그날 회의에서 나의 센터 입교를 한 달 미루고 복음방 교육을 더 단단히 하자는 이야기가 나왔다고 한다. 나는 한 달을 채우고 알바를 그만두었다.

03 센터에 가다

2014년 6월, 나는 '인도자', '섬김이'와 함께 신천지 센터에 입교했다. 위치는 전남대학교 상과대학 유창아파트 정류장 앞에 위치한 '신안센터'였다. 나는 117기였다. 나는 센터에 가서 면접을 봤고, 지원서에 개인정보를 작성하여 제출했다. 복사비를 가장한 월 1만원 회비에 대해 들었다. 면접을 담당한 센터 전도사는 집에서 왕복 3시간 거리인데 끝까지 수강할 수 있겠냐고 물었다. 나는 교사에게 미리 정신교육을 받았기 때문에 미리 준비한 대로 대답했다. 교사는 내가 의지를 보이지 않으면 센터에서 받아주지 않는다고 했다. 그날부터 7개월 동안 센터 수업을 들었다. 직업학교를 마치고, 센터에 출석해서 수업을 듣고 귀가하면 오후 11시를 넘긴 시간이었다. 수요일을 제외한 월, 화, 목, 금 4일을 이렇게 생활했다. 토요일에도 야유회를 진행하거나 모임을 하는 경우가 많았다. 나는 이미 입막음 교육까지 받은 상태였기 때문에 센터에 다닌다는 사실을 외부 사람들에게 말하지 않았다. 교사는 센터에 다닌다고 말하면 이단에 빠졌다는 오해를 받는다고 했다.

그들은 나에게 센터는 무료로 성경을 가르쳐주기만 하는 신실한 곳이라 소개했다. 나 역시 돈 많고 신심 넘치는 기독교인이 운영하는 곳이라 지레짐작하고 전혀 의심하지 않았다. 19살에 불과했던 나로서는 나보다 10년도 더 산 사람들 여럿이 나 한 사람을 작정하고 속일 것이라고는 상상도 하지 못했다. 내가 다니던 직업학교에는 나 말고도 센터에 다니는 친구가 있었다. 그는 나처럼 6시 30분이 다가오면 자리를 피했다. 직접 물어볼까 싶었지만, 교사는 이단으로 오해받을 수 있으니 물어보지 말라고 했다. 7개월 후, 나는 신천지에서 그와 재회했다. 들어보니, 그는 신천지 신도인 부모님의 강권으로 신천지에 합류했다. 센터에 안 가면 용돈을 안 준다고 하니, 어쩔 수 없었다고 한다. 부모를 통해 신천지에 입교한 신도들은 신앙심이 전혀 없었다. 지금 생각해보면 정말 다행이다. 센터 과정에서는 밤늦은 시간이 되어서야 귀가할 수 있다는 점이 가장 힘들었다. 센터 교육 시간은 날이 갈수록 늘어지기 시작했다. 어떤 날에는 진도가 느리다며 수업을 30분 더하기도 했다. 10시 20분에 수업이 끝나는 날이면, 마지막 버스에 타야 했다.

그즈음 나는 여전히 죽음에 대한 고민을 절박하게 하고 있었다. 나는 그 해결방법을 신에게서 찾기 위해 성경을 일독하기 시작했다. 어느 날 내가 귀가 시간 문제로 고민을 하고 있다고 파악한 전도사가 나에게 따로 이야기를 하자고 했다. 그는 섬에서 광주를 오가며 모텔에서 자고 가는 수강 생활을 하고 있는 사람도 있다고 정신교육을 했다. 나는 그 사람의 것과 별개로 나의 힘듦이 있다고 생각했다. 나는 내 생각을 자연스럽게 '인도자'에게 이야기했다. 잠시 후, 전도사가 다시 한번 나를 불러 "자기 생각을 버려야 한다"고 교육했다. 그는 마음 밭에서 돌을 뽑아야 한다고 했다. 내가 인도자에게 한 말이 전도사에게 전달된 것 같았다. 그러나 인도자가 신천지 신도로서 전도사에게 나에 대한 것들을 보고하고 있다고는 생각하지 못했다. 나는 인도자가 오지랖을 부려 전도사에게 걱정을 전달했다고 상식적으로 생각했다. 적어도 사람이라면, 최소한의 관계에서의 신의가 있을 줄 알았다. 그러나 그들은 오히려 그러한 믿음을 이용하여 수강생들을 세뇌하고 조련했다. 그들은 인간을 도구로 만드는 방법을 정확하게 알고 있었다. 기억을 되살릴 때마다 참을 수 없는 분노가 밀려온다.

어느 정도 시간이 흐르자, 나는 센터에서의 수업에 완전히 적응했다. 센터 수업은 주입과 암기의 단조로운 반복이었다. 그들은 매일 암기할 성경 구절을 과제로 내주었다. 성경 구절을 외워오지 못한 사람은 수강생들이 모인 자리에서 노력이 부족하다는 이야기를 들어야 했다. 그들은 상대방의 반발심을 억제하면서도 수치감을 주는 방법을 알고 있었다. 센터에서는 공교육을 받던 시절처럼, 제시된 정답을 외우기만 하면 됐다. 신천지는 자신들의 교리를 '정답'으로 제시했고, 나머지는 틀린 관점이라고 세뇌했다. 애초에 워낙 많은 내용을 한 번에 교육하기 때문에, 수강생들은 주어진 분량을 머리에 집어넣기도 벅찼다. 센터에 가면, 전도사가 반별로 30분 정도 배경 수업을 진행한 후, 강사가 2시간 동안 강의를 했다. 이것을 1주일에 4번씩 반복했으니, 수강생들에게는 판단하고 고민할 여유가 없었다. 강의 도중 신입 수강생이 졸거나 집중하지 못하면, 옆자리에 앉아있는 신천지 신도가 이 사실을 담당 전도사에게 보고했다.

센터 수강생 70%가 신천지 교인이다. 복음방 과정에서 1:3으로 수업을 진행한 후, 1:2로 센터에 들어오기 때문이다. 센터에는 보통 150명 정도의 수강생이 있는데, 이중 신입 수강생은 50명에 불과한 셈이다. 센터에는 5명 내외의 전도사가 있다. 전도사 1인당 수강생 30명을 담당한다. 이 중 20명은 신천지 교인이니, 전도사의 역할은 10명의 신입 수강생들을 7개월간 철저하게 감시하는 것으로 볼 수 있다. 센터 과정에서는 '인도자'와 '섬김이'를 '잎사귀'로 통칭한다. 그러나 신입 수강생은 옆자리에 앉아있는 사람이 신천지 신도라는 사실을 전혀 눈치

챌 수 없다. 나도 그랬다. 잎사귀들은 센터 수업을 처음 듣는 사람인 것처럼 태연하게 행동했다. 신천지에는 예배 도중 설교자가 '할렐루야' 라고 말하면 교인이 두 팔을 하늘로 뻗으며 '아멘'이라고 외치는 문화가 있다. 간혹 센터에서 수업을 듣는 잎사귀가 강사의 '할레루야'를 소리를 듣고 두 팔을 하늘로 올리는 경우가 있었다. 당연히 신입 수강생들에게는 이해되지 않는 광경이었기 때문에 이목이 집중되었다. 이 경우의 대부분의 잎사귀들은 기지개를 켜는 척 어색하게 연기하며 팔을 내렸다. 지금 생각하면 웃긴 광경이다.

이처럼, 센터에도 '빈틈'이 존재할 수밖에 없었고, 수강생들이 상식적인 의문을 제기하는 일도 많았다. 그러나 수강생은 옆자리에 앉아 있는 잎사귀를 같은 수강생으로 여겼기에, 이미 친밀감을 가지고 있던 잎사귀에게 의문점을 토로했다. 이는 윗선에 보고되었고, 수강생의 불만을 비롯한 이탈의 싹은 빠르게 잘려나갔다. 신천지는 잎사귀라는 사상검증 제도를 통해 그들이 정해놓은 정답과 다른 모든 것들을 철저하게 박멸했다. 신천지는 '다름'을 '틀림'으로 매도하여 수강생의 머리에서 삭제하도록 교육했다. 그들은 일반교회의 안 좋은 모습이 담긴 영상을 반복적으로 보여주었다. 이미 기성 교단 및 종교에 대한 편견을 가지고 있는 사람들은 센터가 일반 교회와 다르다고 생각할 수밖에 없었고, 더 쉽게 센터 교육에 빠져들었다. 이러한 센터 강의는 성숙한 토론이 아닌 비열한 주입식 교육이었다. 그들은 하나의 정답을 주입하기 위해 센터를 운영했다.

신천지는 센터 수업 과정에서 객관적 정보들을 철저하게 봉쇄했다. 심지어 신천지 자료를 보여주며 "이곳에서도 우리 센터 말씀을 훔쳐가서 가르치고 있습니다. 얼마나 말씀이 좋으면 이단도 저희 말씀을 훔쳐갈까요?"라고 강의하기도 했다. 센터에서 가르치는 것들 이외의 정보에 대해서는 '사람의 영혼을 죽이는 독', '사탄의 비진리', '지워야 할 자기 생각'이라고 반복하여 주입했다. 수강생은 인터넷을 보고와도 잎사귀에게 고민을 토로하기 마련이다. 이 경우 곧 전도사가 인터넷을 보고 온 수강생을 불러, "인터넷을 보면 영이 죽는다"는 정신교육을 철저하게 진행한다. 잎사귀는 수강생이 센터에 오기 전의 일부터 보강 수업, 1교시, 2교시에 보인 모든 반응과 언행들을 보고서에 기재하여 매일 보고한다. 이것이 최소한의 인간에 대한 예의를 저버리는 행위로, 용납할 수 없는 포교방식임은 물론이다.

센터 입교 후 4개월이 지나면 초등교육과정이 마무리된다. 신천지는 초등교육과정 마무리 직후 초등 시험을 실시한다. 빈칸에 정해진 답을 적어 넣는 방식이었다. 답이 정해져 있기 때문에 기계처럼 암기해서 그대로 적어 넣으면 합격이었다. 시험을 볼 당시, 시험이 이렇게 쉬워도 되는지 생각했다. 물론 주변의 잎사귀들이 내 발언을 전도사에게 보고했다. 전도사는 수강생들을 모아 놓고 정신교육을 진행했다. "너희 청년들에게는 이 시험이 쉽게 느껴질지 몰라도, 나이 많으신 할머니는 이 시험에 합격하려고 1시간 넘게 울면서 공부하고 시험을 보기도 한다. 너희 청년들은 젊음에 감사함을 느끼고 더욱 간절하게 말씀을 받아야 한다." 주변 잎사귀들이 전도사의 말이 정답인 것처럼 수긍하는 분위기를 만드니, 상식적 판단을 하는 신입 수강생들도 분위기에 휩쓸렸다. 행여, 할머니에게 그렇게까지 해야 하는가 질문하면 사탄의 영이 함께하여 말씀을 깨닫지 못한 사람으로 여기고, 1:1 정신교육을 진행했다.

신천지는 개인의 다양한 생각들을 죄악으로 여기고 말살하는 곳이었다. 최소한의 상식을 가진 사람이라면, 연로하신 할머니가 애처롭게 눈물을 흘리며 한글을 배우고, 시험을 보는 것이 과연 하나님의 뜻일 수 있는지, 의문을 가졌을 것이다. 신천지는 암기력을 갖출 수 없을 만큼의 정신적, 신체적 장애가 있는 사람들은 센터에 들어올 수 없다고 주장한다. 그러나 이들에게서 구원의 기회를 박탈할 권리가 그 누구에게 있단 말인가. 2천년 전, 예수님이 시각장애인과 청각장애인에게 이적을 행한 일을, 그들은 외면하고 있다. 신천지의 하나님은 옹졸하고 편협하다.

신천지는 4개월에 걸쳐 진행되는 초등과정에서 성경을 바라보는 관점을 비틀어버린다. 이 과정에서 '비유풀이 교리'를 통한 세뇌 교육을 진행한다. 모든 단어를 비유를 통해 육적인 것과 영적인 것, 하나님의 소속과 사탄의 소속으로 나눈다. 수십 가지 단어를 4분법의 관점으로 나누어 가르치면, 신천지가 성경을 해석하는 관점이 자연스럽게 머리에 정착한다. 성경을 4분법적으로 나누어 해석하도록 인간의 정신을 조련하는 것이다. 초등과정이 진행되는 과정에서, 잎사귀들은 수강생들이 생활 속에서 4분법적 해석을 체화하도록 유도한다. 잎사귀들은 수강생과 함께 밥을 먹을 때, 영적 양식인 말씀도 이렇게 먹어야 한다고 말한다. 물을 마실 때, 하나님은 말씀을 생명수로 비유했다며 농담을 한다. 잎사귀들은 친분으로 엮인 분위기를 이용하여 세상을 하나님의 소속과 사탄의 소속으로 나누어 바라볼 수 있도록 흑백 논리를 주입한다. 자신들과 반대되는 의견은 '사탄의 미혹'이며, '뱀의 독'이라고 가르친다.

초등과정에서 '흑백논리', '4분법'으로 성경을 바라보는 관점을 비틀었다면, 2개월에 걸쳐 진행되는 중등과정에서는 신천지가 성경을 바라보는 틀을 추가로 제시한다. 신천지는 성경의 역사를 배도, 멸망, 구원이라는 단 하나의 관점에서 해석한다. 이들은 수강생들에게 배도, 멸망, 구원의 순서대로 진행된 역사만을 제시한다. 대부분의 수강생들에게 성경 역사 전반에 대한 지식이 없기 때문에, 또 하나의 신천지 교리가 자연스럽게 수강생들에게 주입된다. 막상 배도, 멸망, 구원의 순서의 틀로 해석되지 않는 하나님의 목자에 대해 질문하면, 강사는 "그는 핵심적인 인물이 아니다"라고 답변했다. 여기서 말하는 '핵심적인 인물'은 물론 신천지가 자의적으로 정한다. 신천지가 주장하는 '배도'의 기준 역시 모호하기 이를 데 없다. 신천지는 하나님과의 약속을 지키지 못한 것을 배도로 규정한다. 그러나 어떤 인물이 약속을 지키지 못한 것은 실수로 규정하기도 한다.

문제는 수강생에게 교리의 합리성에 대해 생각할 여유가 없다는 것이다. 중등과정이 되면 외워야 할 분량이 더욱 많아진다. 신천지는 수강생에게 사고력이 정지될 정도로 방대한 지식을 주입하여 그들만의 관점을 정착시킨다. 의문을 제기하면 잎사귀가 번개같이 보고하는 사상검증 역시 철저하다. 센터에서는 초등과정이 끝나갈 무렵부터 주기적으로 “이 말씀을 버리면 지옥에 가게 된다. 다시 돌아와도 받아주지 않는다. 말씀을 버린 사람에게는 일곱 귀신이 들어간다”는 세뇌가 이루어진다. 그 과정에서 악령, 못된 물고기, 사탄의 소속 등 온갖 부정적인 단어가 동원된다. 수강생은 잎사귀와 전도사에 의해 “말씀을 받아서 너무 감사하다”고 말할 것을 강요받는다. 초등교육 4개월, 중등교육 2개월 과정은 요한계시록을 신천지 교리에 맞추어 해석하기 위한 과정에 지나지 않는다.

중등과정이 끝나갈 무렵이 되면, 이미 수강생들은 다른 사람이 되어 있다. 신천지는 교육과정에서 매일 성경 구절을 외우도록 시험을 내고, 전도사가 담당하는 보강수업 시간에 검사한다. 암기한 구절을 종이에 직접 쓰게끔 하거나, 말로 암송하게끔 한다. 전도사의 배경 수업이 끝나면, 강의 시작 전에 전날 강의 내용을 토대로 시험을 본다. 이후 2시간 동안 빠듯한 강의가 진행된다. 수업이 끝나면, 옆 사람에게 2시간 동안 필기한 내용을 토대로 서로 설명하는 시간을 갖는다. 앵무새처럼 강사가 해준 말을 반복한다. 강의 내용에 대한 입력이 부족하면, 잎사귀가 전도사에게 보고하고, 전도사가 1:1 교육을 진행한다. 이러한 과정을 반복한 수강생들은 강의 내용에 세뇌된다. 수강생들은 오직 신천지의 성경 해석 관점만을 반복적으로 체화하고, 모든 의문점은 사탄의 비진리로 치부한다. 신천지는 본인들의 관점만을 정답으로 굳게 믿고 있다. 잎사귀들은 과거에 7개월이 넘는 시간 동안 수업을 수강한 경험이 있음에도, 수강생이 강의를 이해하지 못하는 것을 관찰하며 선민의식을 느낀다.

나 역시 이러한 과정을 통해 신천지만이 진리라고 세뇌당했다. 이전에는 북한 주민들이 수령을 신격화한다는 주장에 특별한 감상을 갖지 않았다. 사람이 아무리 세뇌를 당해도, 어느 정도 인지를 유지할 수 있을 것이라 여겼다. 그러나 신천지를 겪으며 충분히 가능하다는 생각이 들었다. 한 인간의 모든 주변 환경을 폐쇄하여 외부정보의 유입을 막고, 서로의 사상을 검증하는 제도를 만들고, 주입식 교육을 통해 반복적으로 세뇌교육을 하고, 감정을 고양시키는 선전물을 지속적으로 배포한다면 인간의 정신을 조종하는 건 불가능한 일이 아니다. 아니, 충분한 환경만 조성된다면 인간은 얼마든지 조종당할 수 있다.

04 S를 풀다

신천지는 센터 중등과정이 끝나갈 무렵이 되어서야, 본인들이 신천지라는 사실을 밝힌다. 이를 'S를 푼다'고 말한다. 자신들이 다니던 센터가 신천지라는 사실을 알게 된 수강생들은 복잡한 심경으로 습관적으로 센터에 나온다. 그 주간에 수강생들의 표정은 마치 죽은 사람과 다름없다. 6개월에 가까운 시간을 순수한 마음으로 다녔던 곳이 최악의 사이비 종교로 불리는 '신천지'라는 걸 알게 된 수강생들은 일시적 공황 상태에 빠진다. 그러나 이미 수강생들은 신천지의 관점에 중독되었으며, 말씀을 버리면 지옥에 간다는 세뇌를 내면화한 상태다. 이 시점에도 신천지는 주도면밀하게 교인들을 통제한다. 잎사귀들이 분위기를 조성하고 수강생의 마음을 확인한다. 둘 중 한 사람은 수강생과 동등한 입장에서 당혹감을 표현한다. 수강생의 동향을 효과적으로 파악하기 위해서다. 다른 한 사람은 "그만두고 싶지만 말씀은 맞는 것 같아서 고민된다"는 입장을 취한다. 인간이라면 누구나 6개월 동안 시간을 쏟은 곳을 즉각적으로 버리지 못한다. 지난 시간에 대한 보상심리 때문이다.

이때 신천지는 CBS가 제작한 '신천지에 빠진 사람들'(신빠사)을 교육에 활용한다. 수강생들은 영상에 등장하는 사람들과 주변에 있는 사람들 사이에서 괴리감을 느끼고 당황한다. 일명 '신빠사'가 신천지 교인들을 과도하게 극화하여 묘사했기 때문이다. '신빠사'는 기독교식 '이단은 불쌍한 사람들' 대상화에 불과하다. 신천지에서는 '신빠사' 1편에 등장하는 효은(가명)과 같은 인간 유형을 찾아보기 어렵다. 수강생들은 이미 습관이 되어버린 센터에서의 일상, 보상심리, 지옥에 대한 두려움 등을 매개로 스스로를 합리화하기 시작한다. 강사들은 "신천지라는 사실을 미리 알려주었다면 여기까지 오지 않았을 것이다", "신천지임을 밝히지 않았기 때문에 색안경을 끼지 않고 여기까지 올 수 있었다", "속여서라도 전도해준 우리들에게 감사해야 한다"라는 어이없는 주장을 펼친다. 수강생이 부정적으로 반응하면, 잎사귀들이 분위기를 조성한다. "배신감이 느껴지지만 강사님 말씀에도 일리가 있다"는 식이다.

6개월에 걸친 세뇌를 통해 수강생들의 정신은 이미 망가진 상태이기 때문에, 정서적 충격은 판단능력의 상실로 이어진다. 곧 전도사가 30명을 한 자리에 모아두고, 정신교육을 시작한다. 그는 수강생들에게 심정을 말해달라고 한다. 이때 잎사귀들이 자신의 심정을 가장한 거짓말을 장황하게 늘어놓는다. "나도 당혹감을 느꼈고 화가 많이 났다. 하지만 말씀은 맞는 것 같아서 조금 더 들어볼 생각이다. 신천지가 이상한 곳이라 생각했지만 사실과 다른 면도 있는 것 같다." 사실상의 집단적 정신조종이다. 수강생들은 이 시점에도 옆에 있는 사람들이 신천지 신도라는 사실을 간파하지 못한다. S가 풀린 주간에도 토요일 보강수업이 있었다. 수강생들은 누런 얼굴을 하고 수업에 참석했다. 전도사는 타블로에 대한 자료를 보여주며 사람들은 진실을 알아보지도 않고 욕부터 한다고 말했다. 그는 신천지 역시 타블로처럼 아무리 아니라고 말해도 욕을 먹고 있다고 교육했다. 이런 교육들이 여러 차례 반복되었다.

물론 이런 과정을 거쳤음에도 끝내 신천지를 이탈하는 사람들이 존재한다. 그들에게는 '은사치기'가 진행된다. 은사를 치고도 실패하면, 센터 등록 때 제출받은 개인정보를 토대로 전도사와 잎사귀가 집에 찾아가서 한 번만 이야기를 하자고 한다. 직장이나 학교에 찾아가는 경우도 있으며, 편지나 과자를 선물하기도 한다. 물론 돌아오는 경우도 있고, 그대로 그만두는 경우도 많다. 신천지는 정식 입교 후에도 센터가 신천지라는 사실이 충격적이지 않았냐며, S를 푸는 과정을 '임산부의 산통'에 비유한다. 센터라는 '자궁'에서 말씀이라는 '씨'를 만나 잉태된 생명체가 S를 푸는 것으로 결실을 얻은 것이라는 황당한 주장이다. 이와 별개로 어떤 전도사가 센터 수강생이 임신을 하자 유산하도록 기도하자고 말한 것은 유명한 일화다.

나는 S를 풀기 전에 센터가 신천지라는 사실을 인지했다. 센터가 어떤 곳인지 궁금해서 인터넷에 검색해봤다. 어느 일요일 밤이었던 것을 선명하게 기억한다. 수업 내용을 검색하자 신천지와 신천지를 비난하는 글들이 쏟아졌다. 이만희 총회장과 악마의 형상을 합성한 사진도 봤다. 처음 보는 사람이었고, 이만희에 대해 그 어떤 정보도 없었기 때문에 저 할아버지가 무슨 짓을 했기에, 이렇게까지 하는지 의문이었다. 물론 그런 것보다는, 내가 다닌 곳이 신천지였다는 사실이 충격적일 정도로 당황스러웠다. 나는 그날 밤잠을 이루지 못했다. 다음 날에도 정신적 충격으로 인한 공황 상태가 이어졌다. 습관적으로 센터에 가서 수업을 들었지만, 나는 이미 어떤 결단을 내릴지 고민하고 있었다. 옆 사람을 보며, 그는 이곳이 신천지라는 사실을 정말 모르는 걸까? 라는 의문이 들었다. 그제야 나와 함께 수업을 듣고 있는 두 사람이 성경을 배우는 이유가 궁금해졌다. 나는 죽음에 대한 해답을 찾기 위해 성경을 배우고 있었다.

다음 날, 전도사를 찾아가 할 말이 있다고 했다. 그는 심상치 않음을 느꼈는지, 나를 강의실 밖에 위치한 테라스로 데리고 나갔다. 나는 전도사에게 차라리 아니라고 해달라는 심정으로 질문했다. "여기 신천지 맞죠?" 전도사는 몇 초간의 침묵 끝에 "응"이라고 말했다. 완벽하게 속아버렸다는 모욕감이 마음을 가득 채웠다. 그러나 나는 이미 센터에서 5개월이 넘는 시간을 보낸 상황이었다. 나에게는 현실을 마주하고 감당할 용기가 없었다. 나는 일단은 조금 더 들어보겠다고 했다. 나는 도박에 빠진 사람처럼 지난 시간에 대한 보상을 갈구했다. 그날 이후, 나는 정신적 공황 상태에서 신천지가 좋은 곳이라는 교육을 반복적으로 받았다. 나는 스스로를 보호하기 위해, 그들의 주장을 내면화하기 시작했다. 센터에 감금, 폭행과 같은 일들은 없었기 때문에, 신천지가 내가 알던 것과 다를 거라고 생각했다. 나는 이미 강을 건너버린 상태였다. 신천지는 거짓말로 인간의 내면을 조금씩 파괴하는 방식으로 전도를 진행했다. 그때 느낀 배신감과 치욕은 기억을 되살릴수록 생생하게 다가온다.

05 인섬교를 풀다

S를 푼 이후 수강생들의 자기 합리화가 안정적으로 작동함을 확인하면, 또 풀어야 할 것이 있다. 바로 '인섬교'다. 그해 가을, 나는 센터 수강생들과 함께 단체로 내장산에 단풍 구경을 갔다. 그곳에서 전도사는 나에게 남은 시험이 하나 더 있다고 했다. 전도사는 "네가 여기까지 올 수 있도록 지켜준 잎사귀들이 있다"고 했다. 그는 나와 함께

센터를 수강한 두 사람, '인도자'와 '섬김이', 그리고 처음에 수업을 진행했던 '교사'가 이전부터 신천지 신도였다는 사실을 알려주었다. 그는 인도자와 섬김이가 센터를 재수강하며 내 옆을 지켜주었다고 했다. 물론 옆에서 재수강을 했다는 것만 알려주었지, "너에 대한 정보를 모아둔 대화방이 있고, 너의 모든 언행을 보고받았다"고 알려주지는 않았다.

전도사는 잎사귀가 나를 위해 7개월을 희생한 은인이라고 했다. 나는 인간에 대한 믿음을 배신당한 상태였다. 그러나 이미 S를 푸는 과정에서 스스로를 지키기 위한 방어기제로써 많은 것들을 합리화시킨 이후였다. 나는 감정을 외면하기 시작했다. 나는 아무렇지 않은 척하며, 그럴 것 같았다고, 예상하고 있었다고 자신을 속였다. 그들과 함께 보낸 시간만큼의 분노와 슬픔을 마주하면 마음이 깨져버릴 것 같았다.

'S'와 '인섬교'를 모두 풀고 나면 전도사가 잎사귀들에게 더 이상 센터에 출석하지 말라고 지시한다. 고등과정은 신입 수강생들만 참석한다. 북적이던 센터 강의실이 듬성듬성 빈다. 초등과정 4개월, 중등과정 2개월을 마무리하고 마지막 고등과정 1개월을 남겨둔 시점이다. 수강생들은 두 차례에 걸친 정신적 충격으로 인한 후유증을 앓고 있다. 정신적으로 극도로 나약해진 수강생들은 본능적으로 의존할 대상을 찾는다. 전도사는 수강생들이 계시록에서 의존할 대상을 찾게끔 유도한다. 이것을 내부적으로 '환자 만들기'라고 부른다.

강사는 수업을 통해 수강생들의 감정을 극적으로 끌어올린다. 본인들이 설정한 실상에 맞춘 일자, 음성 녹음, 사진들을 비롯한 증거자료를 보여주며 수강생들의 감정을 극적으로 고양시킨다. (강사는 구원이라는 보상을 통해 거짓말을 정당화한다) 수강생들은 신천지 교리를 내면화하기 시작한다. 고등과정을 마칠 때가 되면, 수강생들은 '천국'과 '구원이라는 탈출구를 갈망하게 된다. 신천지 전도 방식은 '악' 그 자체가 아닐 수 없다. 이렇게 복음방, 센터 과정을 모두 마치면, 신천지 '생명책'에 이름이 올라가고 신천지 정식 신도가 된다.

06 신천지 생활을 시작하다

나는 신천지에 입교한 직후 신천지 베드로지파 광주교회 청년회 대학가로 배치되었다. 수요일, 일요일 예배 때면 흰 셔츠에 검은 바지를 입고, 무릎을 꿇고 예배를 진행했다. 이 시점에도 나는 계속해서 스스로의 행동을 합리화하고 있었다. 지난 7개월에 대한 보상이 필요했다. 광주광역시 인구 145만 명 중 2만 명이 같은 교회 사람이니, 이

험난한 세상을 혼자서 살아가는 것보다 나을 것이라고 스스로를 다독였다. 나는 늪에 빠져있었다. 나는 어디에서든 가만히 있지 않고 활동하고는 했다. 점차 '신천지'라는 조직이 궁금해졌다. 나는 지난 아픔들을 외면하고, 열성적으로 활동하기 시작했다. 나는 문화대혁명에 뛰어든 홍위병이자 나치 유겐트로서 신천지라는 전체주의 체제에 충성하는 부품이 되었다. 쏟아지는 전도와 교육 광고를 성실히 수행하다 보면, 순식간에 시간이 흘러갔다. 나는 신천지에서 여러 직책을 맡아보고 그만두기를 반복했다. 한때는 전도팀장과 전도 데이터 담당자를 맡기도 했다. 전도 데이터 담당자는 담당 부서의 전도 데이터를 매일 상부에 보고하는 역할을 담당한다.

15-11-1	2015-10-29(목)					2015-10-30(금)					2015-10-31(토)					2015-11-01(일)				
	섭외	만남		따기	첫교육	섭외	만남		따기	첫교육	섭외	만남		따기	첫교육	섭외	만남		따기	첫교육
		첫	단계				첫	단계				첫	단계				첫	단계		
1구역	3					5							2							
2구역	1		1		0.5			1				3						1		
3구역	6		1			12														
4구역													0.5							
5구역	2							0.5				1	0.5					0.5		
6구역	5																			
7구역						1						1								
8구역	7					3						2	0.5							
9구역												1								
10구역								0.5				1						0.5	0.5	
11구역			1			2	0.5	1	1		1		1						0.5	
12구역	7					5	1					1								
종합	31	0	3	0	0.5	28	1.5	3	1	0	1	10	4.5	0	0	0	0	2	1	0

15-11-1	2015-11-02(월)					2015-11-03(화)					2015-11-04(수)					주차 총합				
	섭외	만남		따기	첫교육	섭외	만남		따기	첫교육	섭외	만남		따기	첫교육	섭외	만남		따기	첫교육
		첫	단계				첫	단계				첫	단계				첫	단계		
1구역			0.5					1	1							6	0	3.5	1	0
2구역				0.5		4		1								5	3	4	0.5	0.5
3구역	5	1				6	2				4.5					33.5	3	1	0	0
4구역	0.5				1		1									0.5	1	0.5	0	1
5구역	2					20										24	1	1.5	0	0
6구역	4					10	2	1			1.5					20.5	2	1	0	0
7구역	9					2.5										12.5	1	0	0	0
8구역	4		1.5			8		0.5	0.5							22	2	2.5	0.5	0
9구역			1			1										1	1	1	0	0
10구역						2	1									2	2	1	0.5	0
11구역			1.5	1		1										4	0.5	4.5	2.5	0
12구역	14		1			5		1	2		3					34	2	2	2	0
종합	38.5	1	5.5	1.5	1	59.5	6	4.5	3.5	0	9	0	0	0	0	167	18.5	22.5	7	1.5

15-11-2	2015-11-05(목)					2015-11-06(금)					2015-11-07(토)					2015-11-08(일)				
	섭외	만남		따기	첫교육	섭외	만남		따기	첫교육	섭외	만남		따기	첫교육	섭외	만남		따기	첫교육
		첫	단계				첫	단계				첫	단계				첫	단계		
1구역	5					5	1					2	1							
2구역			2					0.5					1							
3구역	4	1				3														
4구역																				
5구역												0.5	0.5	0.5						
6구역	3							1								1				
7구역		1												0.5						
8구역	11						1						0.5	0.5						
9구역	4																			
10구역	10											1								
11구역	1	1				1		0.5			1									
12구역	10	1				10		1				1								
종합	48	4	2	0	0	19	2	3	0	0	1	4.5	3	1.5	0	1	0	0	0	0

15-11-2	2015-11-09(월)					2015-11-10(화)					2015-11-11(수)					주차 총합				
	섭외	만남		따기	첫교육	섭외	만남		따기	첫교육	섭외	만남		따기	첫교육	섭외	만남		따기	첫교육
		첫	단계				첫	단계				첫	단계				첫	단계		
1구역	9					1		2								20	3	3	0	0
2구역			1		1	5	1		1.5							5	1	4.5	1.5	1
3구역	4					1	1	1			4	2	1			16	4	2	0	0
4구역	3		0.5			5						1				8	1	0.5	0	0
5구역	8		0.5	0.5		2										10	0.5	1	1	0
6구역	6	1				11		1			3		1			24	1	3	0	0
7구역		1				1										1	2	0	0.5	0
8구역	6	1	1					1								17	2	2.5	0.5	0
9구역						6										10	0	0	0	0
10구역	6					2	1				5					23	2	0	0	0
11구역	6					15			0.5							24	1	0.5	0.5	0
12구역	10					5										35	2	1	0	0
종합	58	3	3	0.5	1	54	3	5	2	0	12	3	2	0	0	193	19.5	18	4	1

15-11-3	2015-11-12(목)					2015-11-13(금)					2015-11-14(토)					2015-11-15(일)				
	섭외	만남		따기	첫교육	섭외	만남		따기	첫교육	섭외	만남		따기	첫교육	섭외	만남		따기	첫교육
		첫	단계				첫	단계				첫	단계				첫	단계		
1구역	26					16		1			12	1.5								
2구역	5		1			7		1		1	10	1.5	2				1			
3구역	22	2				6		1	1		6					6	1			
4구역	18		1			1					14						1	1		
5구역	8	0.5				26					8					2.5				
6구역	7	0.5				50					16	1								
7구역	5	0.5				18					13									
8구역	7					24		1	1		12	1								
9구역	15					26					8	1								
10구역	9					27					10	2								
11구역	10	1				60					14	1				1	1			
12구역	9	1				50	1				9	2	1			2		0.5		
종합	141	5.5	2	0	0	311	1	4	2	1	132	11	3	0	0	11.5	4	1.5	0	0

15-11-3	2015-11-16(월)					2015-11-17(화)					2015-11-18(수)					주차 총합				
	섭외	만남		따기	첫교육	섭외	만남		따기	첫교육	섭외	만남		따기	첫교육	섭외	만남		따기	첫교육
		첫	단계				첫	단계				첫	단계				첫	단계		
1구역	2	1				2		1	1			1				58	3.5	2	1	0
2구역		2	2			7		1	1		1					30	4.5	7	1	1
3구역	14				1	3										57	3	1	1	1
4구역	6						2		0.5		2.5	2				41.5	5	2	0.5	0
5구역	8	3.5				4	1				2.5					59	5	0	0	0
6구역	15					10		1	1			1				98	2.5	1	1	0
7구역	5	0.5				4	2									45	3	0	0	0
8구역	8				1	6	1				2					59	2	1	1	1
9구역	3					3	1									55	2	0	0	0
10구역	4					1	2	0.5					1			51	4	1.5	0	0
11구역	20	2.5				12	2					2				117	9.5	0	0	0
12구역	4	2	0.5	0.5		17	5					2	1			91	13	3	0.5	0
종합	89	11.5	2.5	0.5	2	69	16	3.5	3.5	0	8	6	2	0	0	761.5	57	18.5	6	3

15-11-4	2015-11-19(목)					2015-11-20(금)					2015-11-21(토)					2015-11-22(일)				
	섭외	만남		따기	첫교육	섭외	만남		따기	첫교육	섭외	만남		따기	첫교육	섭외	만남		따기	첫교육
		첫	단계				첫	단계				첫	단계				첫	단계		
1구역	3				1	4					1	2								
2구역	6					1		0.5				0.5	0.5							
3구역	8					7	1					1.5								
4구역	1					5						1.5	0.5							
5구역	14					5	1					1	3							
6구역	9					3					2	1.5								
7구역	3					5														
8구역	8					2						1	0.5			2				
9구역	6	1	1			6	1					0.5	2.5	1						
10구역	20	0.5	2			17		0.5				2	0.5							
11구역	1	1				7	1.5					6								
12구역	10	2	2	1		10	2					1	1							
종합	89	4.5	5	1	1	72	6.5	1	0	0	3	18.5	8.5	1	0	2	0	0	0	0

15-11-4	2015-11-23(월)					2015-11-24(화)					2015-11-25(수)					주차 총합				
	섭외	만남		따기	첫교육	섭외	만남		따기	첫교육	섭외	만남		따기	첫교육	섭외	만남		따기	첫교육
		첫	단계				첫	단계				첫	단계				첫	단계		
1구역	3					12	1	1	1							23	3	1	1	1
2구역						6		0.5								13	0.5	1.5	0	0
3구역	10		0.5			6		1	0.5							31	2.5	1.5	0.5	0
4구역		1				11		0.5		0.5						17	2.5	1	0	0.5
5구역		1	2			1	2	2.5	1	1		1				20	6	7.5	1	1
6구역	20		1	1		10							1			44	1.5	2	1	0
7구역	1					1	1						1			10	1	1	0	0
8구역	8					4										24	1	0.5	0	0
9구역	6				1	5										23	2.5	3.5	1	1
10구역	4		0.5					1	0.5	0.5						41	2.5	4.5	0.5	0.5
11구역	14		1			3		2.5	0.5			1				25	9.5	3.5	0.5	0
12구역	20	0.5			1	13		1.5	1			1.5	0.5			53	7	5	2	1
종합	86	2.5	5	1	2	72	4	10.5	4.5	2	0	3.5	2.5	0	0	324	39.5	32.5	7.5	5

17-4-2		2017-4-6(목)					2017-4-7(금)					2017-4-8(토)				
		섭외	만남 첫	만남 단계	따기	첫교육	섭외	만남 첫	만남 단계	따기	첫교육	섭외	만남 첫	만남 단계	따기	첫교육
청년1	평화1부	34	8	5.5	0	1	17	2.5	2	0	0	19	105	20	3	0
	평화2부	22	2	1	0	0	10	5	3	0	0	14.5	107	12.5	1	0
	전진1부	14	0	0	0	0	11	0	0	0	0	20	115	2	1	0
	전진2부	12	1	2.5	0	0.5	9	1.5	1.5	0	0	1	74.5	31	1.5	0
	천군1부	22	3.5	8.5	0	0	16	7	2	0	0	26.5	20	70.5	4.5	0
	천군2부	27	3	6.5	0	0	15.5	4	3	0	0	2	46	56.5	4.5	0
	창조1부	26	2	3.5	0	0	7	4.5	3	1	0	12	85.5	26	1.5	0
	창조2부	7.5	5.5	2	0	0	13.5	2	2	0	0	27	57.5	34	3.5	0
	혁신1부	19	3.5	4	0	0	20.5	2	2	0	0	26.5	49.5	55.5	3.5	0
	혁신2부	14.5	14	9	0	0	9	5	3	1	0	11.5	52	39	6.5	0
	새가족1부	16	8.5	8	0	0	10	2	7	0	0	10	35	33.5	9	0
	새가족2부	17	3	5	0	0	10	2.5	3	0	0	14	57	32.5	5	0
	체육부	0	5	2	0	0	2	1	3	0	0	0	55	16	0	0
지역종합		231	59	57.5	0	1.5	151	39	34	2	0	184	858	429	44.5	0
청년2	광복1부	17.5	7	2	0	0	3	2.5	1.5	0	0	56	52.5	52	3	0
	광복2부	11	0	0.5	0	0	12	5	2.5	0	0	38.5	51	26.5	3	0
	승리1부	35.5	4	1	0	1	22.5	4	1	1	0	34.5	87.5	40.5	7	0
	승리2부	23	2	5	0	0	23	2	5	0	0	10	37	36.5	2.5	0
	사랑1부	11.5	2	4	0	0	14.5	6	7	0	0	6	61	33.5	2	0
	사랑2부	17	4	5	0.5	1	2	4	0.5	0	0	20.5	23.5	30	3.5	0
	지혜1부	13	4	3.5	0	1	19.5	4	3	0	0	33.5	48	41.5	5.5	0
	지혜2부	23	4	6	0	0	11	5.5	2.5	0	0	34	71.5	22	3.5	0
	충진1부	14	1	1.5	1	2	30	2	2	0	2	70.5	14.5	72.5	7.5	0
	충진2부	22	5	3.5	0	0	17	4	1	0	0	32.5	76.5	23.5	4.5	0
	새가족3부	15	8	10	0	0	11	6	10.5	0	0	26.5	53.5	30.5	6	0
	새가족4부	41	11	5.5	0	0	9	6	4	0	0	56	64.5	23.5	7	0
	공개전도부	5	0	0	0	0	1	0	0	0	0	0	37.5	2	6	0
지역종합		249	52	47.5	1.5	5	176	51	40.5	1	2	419	679	435	61	0
청년부		480	111	105	1.5	6.5	326	90	74.5	3	2	603	1537	864	106	0
대학1	전대1부	11	16.5	9.5	0	0	14	4.5	9	0	0	15.5	31	63.5	3.5	1.5
	전대2부	21	8	5.5	0	0	11	6	11	0.5	0	11	43.5	26.5	3	0
	전대3부	30.5	5	3.5	0	0	13	1.5	9	0	0	7	36	37.5	6	1
	전대4부	25	9	4.5	0	0	26.5	7	4.5	0	0	29	31	33.5	1	0
	전대5부	18	11.5	11	0	1	18	6	9.5	0	0	75.5	66.5	50	7	0
	전대6부	21	4.5	7	0	0	18	2	3.5	0	0	10.5	48	26	7.5	1
	전대7부	13	7	4.5	0	0	5	4.5	2.5	1	0	13.5	18.5	8	3.5	0
	전대8부	4	8.5	5	1	0	4	5	6.5	1	0	0	19.5	26.5	3.5	0
지역종합		144	70	50.5	1	1	110	36.5	55.5	2.5	0	162	294	272	35	3.5
대학2	조대1부	32	18	7	0	0	36	10	7.5	0	0	31	167	39	5.5	0
	조대2부	27	2	13	0	0	20	2.5	5.5	0	0	22	29	49	9.5	0
	조대3부	36	7	7	0	0	39	10	6.5	0	1	20.5	133	56	4	0
	조대4부	37	4	2.5	0	0.5	11	6	6.5	0	1	10	63.5	17.5	3	0.5
	조대5부	13	4	6	1	1	22	8	5	0	0	20	37.5	43	5	0
	조대6부	21	10	0.5	0	0	17	4	2	0	0	12	62.5	16	3.5	0
지역종합		166	45	36	1	1.5	145	40.5	33	0	2	116	493	221	30.5	0.5
대학3	호대1부	50	9	1.5	0	1	28.5	5	6	0	1	12	70.5	22.5	4.5	0
	호대2부	33.5	12	7.5	0	1	31	5	5	0	0	31	71	32	5.5	0
	광주대1부	21	2	2.5	0	1	13	2.5	0.5	0	0	7	55	8.5	3	0
	광주대2부	17	4	2	0	1	17	3	2.5	0	0	17.5	21.5	36	0.5	0
	동신1부	29	2	2	0	1	28.5	6	5.5	0	0	25.5	79	24.5	2.5	0
	동신2부	30.5	3	3	0	0	20	5.5	6	0	0.5	53	51	22	9	0
	연대1부	21	4.5	3	0.5	0.5	17	7.5	7	0	0	5	62	30	5.5	1.5
	연대2부	45	2	6	0	0	36	6.5	4	0	0.5	22	57	29	2	0
	보건대	35	1	1	0	1	20	4	2	0	0	12	60.5	17	1	0
지역종합		282	39.5	28.5	0.5	6.5	211	45	38.5	0	2	185	528	222	33.5	1.5
대학부		592	155	115	2.5	9	466	122	127	2.5	4	463	1314	714	99	5.5
청년회		1071	266	220	4	15.5	792	212	202	5.5	6	1065	2851	1577	205	5.5

17-4-2		2017-4-9(일)					2017-4-10(월)					2017-4-11(화)				
		섭외	만남 첫	만남 단계	따기	첫교육	섭외	만남 첫	만남 단계	따기	첫교육	섭외	만남 첫	만남 단계	따기	첫교육
청년1	평화1부	0	1	2	0	0	1	0	7.5	1	0	1	0.5	6	0	0
	평화2부	0	0	0	0	0	0	0	1.5	0	0	6	1	10.5	0	0
	전진1부	5	1	1	0	0	2	1	0	0	0	5	1	0	0	0
	전진2부	2	0	2.5	0	0	1	0	4.5	1	0	4	0	4.5	1	0
	천군1부	3.5	0	3.5	2	0	8	0	3	1	1	15	0	1	1	0
	천군2부	2	1.5	3	1	0	5	2	4.5	0	2	8	1	5.5	0	1
	창조1부	2	1	2.5	0	0	2	2	2	0	0	10	0.5	11	2	0
	창조2부	0	1	2	1	0	2	1	1	2	0	2	1	4	0	0.5
	혁신1부	4	4	0.5	0.5	0	5	1	4	0	0	18	1	5	0	0
	혁신2부	0	1.5	3.5	0	0	13.5	1	7.5	0.5	3.5	12	3	4.5	1	0
	새가족1부	0	0	0	0	0	13.5	1	5.5	0	1	9	2	7	1	5
	새가족2부	2	1.5	3.5	0	0	2	1	6	0.5	1	6	1	11.5	3	0
	체육부	0	1	1	0	0	0	0	0	0	0	0	0.5	1	0	0
지역종합		20.5	13.5	25	4.5	0	55	10	47	6	8.5	96	12.5	71.5	9	6.5
청년2	광복1부	4	1.5	1	0	0	8	0	2	0	2	1	2	3	2.5	1.5
	광복2부	3.5	1	2.5	0	0	3.5	0.5	2	0	1	4	1	7	0	1
	승리1부	12.5	3	2	1.5	0	22.5	3	2.5	1.5	0	10	5.5	5	4	0
	승리2부	5	8.5	1	0	0	12.5	0	3	1	0	13	0	5	0	0
	사랑1부	8	0	0	0	0	1	4.5	3	0	0	1.5	1	2	1	0
	사랑2부	5.5	28	5.5	2	1	3	3	1.5	1.5	1.5	7	0	3	0	2.5
	지혜1부	6	1	2.5	0	0	7	0	2.5	1	0	10.5	0	2	0	0
	지혜2부	3	2	0	0	0	9.5	1	4	2	0	6.5	1.5	3	1	0
	충진1부	8	0	5	0	0	5	0	5	1	1	12	0	6	0	0.5
	충진2부	7.5	3	1.5	0	0	10	0.5	8	1	0	10	4.5	6	0	1
	새가족3부	42	17.5	15.5	3	0	7	2	7.5	0	2	5	1	14.5	3.5	7
	새가족4부	10	0	1	0	0	20	4	6	3	3	10	2	5	2	1
	공개전도부	0	0	2	0	0	0	0	0	0	0	7	1	0.5	0	0
지역종합		115	65.5	39.5	6.5	1	109	18.5	47	12	10.5	97.5	19.5	62	14	15
청년부		136	79	64.5	11	1	164	28.5	94	18	19	194	32	134	23	21
대학1	전대1부	5	0	3	0	1	5	4	13	0.5	1	3	3	16	4	0
	전대2부	3.5	0.5	1	0	0	5	1	7	1	1	8.5	0	11	3	2
	전대3부	5	1	0.5	0.5	0	13	2	5	0	0	38.5	2	10.5	1	2.5
	전대4부	8	0	3	0	0	8	0	6.5	1	0	9	1	8	2	1
	전대5부	12	0	4	0	0	15.5	0	12.5	1	1	19	0	8	0	2
	전대6부	3	0	0	0	0	5	1	7	0	1.5	1.5	1.5	7.5	1	3
	전대7부	5	0	3	1.5	0	3	0	4	0	0	4	1	6.5	1	2.5
	전대8부	2	1	6	0	1	1	0	5	0.5	1	2	0	8	3	2
지역종합		43.5	2.5	20.5	2	2	55.5	8	60	4	5.5	85.5	8.5	75.5	15	15
대학2	조대1부	2	1	1	0	0	17	5	9	1	0	18	4.5	6.5	1	2
	조대2부	8	0	1	0	0	8	0	8	2	0	8	0	5	1	0
	조대3부	5	3	2	0	0	33	2.5	14	1	2	49	6	7.5	1	0
	조대4부	0	0	4	0.5	0	15	1	6.5	0	0	5	2	6.5	0	0
	조대5부	1	0	1	0	0	11	2	8.5	0	1	16	3	6	0	2
	조대6부	8	0	0	0	0	13	2.5	5	1	0	17	3	7	0	0
지역종합		24	4	9	0.5	0	97	13	51	5	3	113	18.5	38.5	3	4
대학3	호대1부	3	4	1	0	0	19	5	12	0.5	1	18.5	8	8.5	2	2.5
	호대2부	0	0	0	0	0	36	0	6	1	1.5	40	1	8	0.5	1
	광주대1부	0	0	1	0	0	11	1	5	0	1	26	1.5	2.5	1	1.5
	광주대2부	1	0	0	0	0	10	0	3	0	1	17	1	4	0	0
	동신1부	0	2	1	2.5	0	18	0	5	0	1	3	0	4	1	1
	동신2부	1	0	1	0	0	19	0	4.5	1	1	17	1	7	0	0
	연대1부	1.5	11.5	1	0	0	14	1	1.5	0	1	9	2	2.5	0	1
	연대2부	0	0	1	0	0.5	25.5	0	5	0	0	35	1	2.5	0	1.5
	보건대	10	3.5	1.5	0	0	27	0	4	0	0	48.5	0	7.5	1	1
지역종합		16.5	21	7.5	2.5	0.5	180	7	46	2.5	7.5	214	15.5	46.5	5.5	9.5
대학부		84	27.5	37	5	2.5	332	28	157	11.5	16	413	42.5	161	23.5	29
청년회		220	107	102	16	3.5	496	56.5	251	29.5	35	606	74.5	294	46.5	50

17-4-2		2017-4-12(수)					주차 종합						주차 종합				
		섭외	만남 첫	만남 단계	따기	첫교육	섭외	만남 첫	만남 단계	따기	첫교육	인원	섭외	만남 첫	만남 단계	따기	첫교육
청년1	평화1부	0	1.5	4.5	1.5	0	72	118	47.5	5.5	1	169	42.6%	69.8%	28.1%	3.3%	0.6%
	평화2부	4	0	1	0	0	56.5	115	29.5	1	0	145	39.0%	79.0%	20.3%	0.7%	0.0%
	전진1부	1	0	0	0	0	58	118	3	1	0	138	42.0%	85.5%	2.2%	0.7%	0.0%
	전진2부	3	0	0.5	0	1	32	77	47	3.5	1.5	130	24.6%	59.2%	36.2%	2.7%	1.2%
	천군1부	0	0	1	0	0	91	30.5	89.5	8.5	1	154	59.1%	19.8%	58.1%	5.5%	0.6%
	천군2부	0	1	1.5	2	0	59.5	58.5	80.5	7.5	3	130	45.8%	45.0%	61.9%	5.8%	2.3%
	창조1부	1	0	0.5	0.5	0.5	60	95.5	48.5	5	0.5	174	34.5%	54.9%	27.9%	2.9%	0.3%
	창조2부	0	1	0.5	0	0	52	69	45.5	6.5	0.5	170	30.6%	40.6%	26.8%	3.8%	0.3%
	혁신1부	9	2	1.5	0	0	102	63	72.5	4	0	134	76.1%	47.0%	54.1%	3.0%	0.0%
	혁신2부	6	1	3	0	0	66.5	77.5	69.5	9	3.5	136	48.9%	57.0%	51.1%	6.6%	2.6%
	새가족1부	7	2	3.5	1	0	65.5	50.5	64	11	6	117	56.0%	43.2%	54.7%	9.4%	5.1%
	새가족2부	3	0	8.5	0	1.5	54	66	70	8.5	2.5	93	58.1%	71.0%	75.3%	9.1%	2.7%
	체육부	0	1	2	0	0	2	63.5	25	0	0	57	3.5%	111.4%	43.9%	0.0%	0.0%
지역종합		34	9.5	28	5	3	771	1002	692	71	19.5	1747	44.1%	57.3%	39.6%	4.1%	1.1%
청년2	광복1부	5	1	2.5	1.5	1	94.5	66.5	64	7	4.5	129	73.3%	51.6%	49.6%	5.4%	3.5%
	광복2부	2	0	2	0	0	74.5	58.5	43	3	2	144	51.7%	40.6%	29.9%	2.1%	1.4%
	승리1부	4	1	3	0	0	142	108	55	15	1	156	90.7%	69.2%	35.3%	9.6%	0.6%
	승리2부	0	0	0	0	0	86.5	49.5	55.5	3.5	0	120	72.1%	41.3%	46.3%	2.9%	0.0%
	사랑1부	0	0	1	0.5	0	42.5	74.5	50.5	3.5	0	136	31.3%	54.8%	37.1%	2.6%	0.0%
	사랑2부	0	0	0	0	0	55	62.5	45.5	7.5	6	135	40.7%	46.3%	33.7%	5.6%	4.4%
	지혜1부	1.5	0	2	1	0	91	57	57	7.5	1	139	65.5%	41.0%	41.0%	5.4%	0.7%
	지혜2부	2	2	0	0	0	89	87.5	37.5	6.5	0	120	74.2%	72.9%	31.3%	5.4%	0.0%
	충진1부	3	0	2	1	0	143	17.5	94	10.5	5.5	130	109.6%	13.5%	72.3%	8.1%	4.2%
	충진2부	6	3.5	4	0	0	105	97	47.5	5.5	1	154	68.2%	63.0%	30.8%	3.6%	0.6%
	새가족3부	0	1	6	0	0	107	89	94.5	12.5	9	105	101.4%	84.8%	90.0%	11.9%	8.6%
	새가족4부	2	2	1	0	2	148	89.5	46	12	6	83	178.3%	107.8%	55.4%	14.5%	7.2%
	공개전도부	1	0	0	0	0	14	38.5	4.5	6	0	16	87.5%	240.6%	28.1%	37.5%	0.0%
지역종합		26.5	10.5	23.5	4	3	1191	896	695	100	36	1567	76.0%	57.1%	44.3%	6.4%	2.3%
청년부		60.5	20	51.5	9	6	1962	1897	1387	171	55.5	3314	59.2%	57.2%	41.8%	5.2%	1.7%
대학1	전대1부	2	0	6.5	1	3	55.5	59	121	9	6.5	142	39.1%	41.5%	84.9%	6.3%	4.6%
	전대2부	5	0	4	0	2.5	65	59	66	7.5	5.5	112	58.0%	52.7%	58.9%	6.7%	4.9%
	전대3부	23	1	8.5	1.5	2.5	130	48.5	74.5	9	6	114	114.0%	42.5%	65.4%	7.9%	5.3%
	전대4부	5	0	1.5	0	0	111	48	61.5	4	1	120	92.1%	40.0%	51.3%	3.3%	0.8%
	전대5부	2	1	9	2	5	160	85	104	10	9	125	128.0%	68.0%	83.2%	8.0%	7.2%
	전대6부	3	2	2.5	0	2	62	59	53.5	8.5	7.5	119	52.1%	49.6%	45.0%	7.1%	6.3%
	전대7부	1	1	7.5	1.5	5.5	44.5	32	36	8.5	8	51	87.3%	62.7%	70.6%	16.7%	15.7%
	전대8부	1	1	5.5	2.5	2.5	14	35	62.5	11.5	6.5	67	20.9%	52.2%	93.3%	17.2%	9.7%
지역종합		42	6	45	8.5	23	642	426	579	68	50	850	75.5%	50.1%	68.1%	8.0%	5.9%
대학2	조대1부	4	4	5.5	2	1.5	140	210	75.5	9.5	3.5	226	61.9%	92.7%	33.4%	4.2%	1.5%
	조대2부	9	0	4	1	2.5	102	33.5	85.5	13.5	2.5	106	96.2%	31.6%	80.7%	12.7%	2.4%
	조대3부	6	0	9.5	4	3	189	162	103	10	6	213	88.5%	75.8%	48.1%	4.7%	2.8%
	조대4부	0	0	0.5	0	0	78	76.5	44	3.5	2	114	68.4%	67.1%	38.6%	3.1%	1.8%
	조대5부	2	0	4.5	1	0	85	54.5	74	7	4	101	84.2%	54.0%	73.3%	6.9%	4.0%
	조대6부	16	0	2.5	0	2	104	82	33	4.5	2	96	108.3%	85.4%	34.4%	4.7%	2.1%
지역종합		37	4	26.5	8	9	698	618	415	48	20	856	81.5%	72.1%	48.4%	5.6%	2.3%
대학3	호대1부	1	6.5	3	0	0	132	108	54.5	7	5.5	128	103.1%	84.4%	42.6%	5.5%	4.3%
	호대2부	0	0	2.5	0	0	172	89	61	7	3.5	132	129.9%	67.4%	46.2%	5.3%	2.7%
	광주대1부	12	0	3	0	0	90	62	23	4	3.5	96	93.8%	64.6%	24.0%	4.2%	3.6%
	광주대2부	9	0	2	0	0	88.5	29.5	49.5	0.5	2	82	107.9%	36.0%	60.4%	0.6%	2.4%
	동신1부	1	1	5	1	0	105	90	47	7	3	155	67.7%	58.1%	30.3%	4.5%	1.9%
	동신2부	0	0.5	0.5	0	1	141	61	44	10	2.5	144	97.6%	42.4%	30.6%	6.9%	1.7%
	연대1부	0	0	3	0	0	67.5	88.5	48	6	4	125	54.0%	70.8%	38.4%	4.8%	3.2%
	연대2부	2	0.5	3.5	3	0	166	67	51	5	2.5	97	170.6%	69.1%	52.6%	5.2%	2.6%
	보건대	0	0	0.5	1	0	153	69	33.5	3	2	150	101.7%	46.0%	22.3%	2.0%	1.3%
지역종합		25	8.5	23	5	1	1113	664	412	49.5	28.5	1109	100.4%	59.9%	37.1%	4.5%	2.6%
대학부		104	18.5	94.5	21.5	33	2452	1707	1405	166	98.5	2815	87.1%	60.6%	49.9%	5.9%	3.5%
청년회		165	38.5	146	30.5	39	4414	3604	2791	337	154	6129	72.0%	58.8%	45.5%	5.5%	2.5%

신천지에서는 구역에서 총회까지 올라가는 상향식 성과보고가 매일 이루어진다. 나는 엑셀 파일에 내가 담당하는 부서의 일일 전도 현황을 기입하여 청년회 데이터 담당자에게 전달했다. 청년회 데이터 담당자는 이를 베드로지파에 보고했고, 베드로지파는 총회에 전도 현황을 보고했다. 신천지 총회는 전국에서 진행되는 전도 현황을 매일 파악하는 셈이다. 나는 '영혼 전도팀장'으로 내부 인원 관리를 맡기도 했다. 상부에서 '심방' 할당량을 하달하면, 그에 따라 일반 신도와 만남을 가졌다. '심방'은 일반 신도를 만나 동향을 파악하라는 지시다. 심방을 진행하고 나면, 대상의 이름과 상태, 대화 내용, 걸림사항(내부 용어), 차후 계획 등을 정리해서 상부에 보고했다. 역시 총회까지 매일 보고된다. 신천지 총회는 오늘 하루 동안 전국에서 진행된 '심방'의 숫자와 그 자리에서 나온 이야기들을 모두 파악하고 있다. 이 정도면 조지 오웰의 〈1984〉에 등장하는 빅브라더도 신천지 앞에서는 한 수 접고 들어가야 할 것이다. 신천지가 1984년도에 설립되었다는 사실은 참으로 의미심장하다.

심방활동 보고서 작성 시 유의사항

- 빈칸 없이 양식에 맞게 작성하기
- 띄어쓰기 잘하기, 내려쓰기 하지 않도록 하기
- 맞춤법 확인하고 줄임말, 은어 쓰지 않도록 하기
  (ex:전대(x)->전남대 후문)
- 심방내용은 육하원칙에 의거하여 작성하고 심방을 한 목적과 결과가 모두 들어가도록 작성하기
- 잠복, 피드백, 모임 한 것은 심방으로 넣지 않도록 하고 만나서 30분 이내 대화하고 말씀 전달한 것을 보고하기
- 무분별하게 긴 내용은 핵심만 들어가도록 줄여서 쓰기
- 종결만 ~함으로 끝내고 문맥에 맞게 이어서 쓰기

잘못된 예	잘된 예
토요일 연락 두절된 부분에 대해 이야기 나눔. 이런 일이 몇번 있었으나 오늘은 말을 해줘야 할것 같아 만남. 몸이 안좋아서 하루 종일 쉬었다며 대체예배를 드리기 위해 왔으나 시간도 지키지 않고 거의 끝나는 시간에 왔음. 체전이후 직장과 센터 수강으로 피곤했을 부분에 있어서는 격려해 주고 연락 두절에 있어서는 잘 못된 부분이라고 지적해 주니 자신이 잘 못한것 같다고 말하고 다음에는 그러지 않겠다고 함.	신천지에 위계질서와 상황보고 절차에 관하여 교육하고자 만났고 예배날 집안걸림으로 인하여 정시예배를 드리지 못한 부분을 상의하지 않고 통보함에 있어 지적해 주었고, 앞으로는 사정이 생겼을시 먼저 상황을 보고해주고 질서에 맞게 행동하겠다고함
열매 부분에 대해 이야기하며 올해 남은 기간에 열매를 맺을 수 있도록 이야기함 테잎을 왜 들어야하는지 전도를 왜 해야하는지 이야기 하였고 같이 하나님의 일을 함께 했으면 좋겠다고 함	수련회 참석을 독려하기 위해 만났고 함께 참석하여 재미있고 즐거운 시간을 보내자고 하였으며 마음이 확실하지 않지만 구역원들과 함께 하는 마지막 기회가 될 수 있어서 함께 수련회에 참여하여 즐거운 추억을 만들겠다고 하였음
구역운영을 위한 피드백과 전도 피드백 함	섭외파트 걸림으로 인해 활동하는데 제약이 있기 때문에 섬김을 해주고자 만났으며 어려운 환경이지만 하나님의 일을 성실히 해내려고 해서 격려와 칭찬을 해주었고, 섬김해준 것에 감사함을 느껴 어려운 환경이지만 이겨내서 멋지게 성장하기 위해 노력하겠다고함
비비 하는것에 대해서 걱정했고 앞으로 더 공부하고 노력하기로함	복음방하는 것에 대해 걱정을 하고 있어서 만났으며 교사의 사명에 대해 이야기하여 앞으로 열심히 공부하고 노력하겠다고 함

심방 보고

날짜 :
장소 :
사명자 :
심방자 :

목표

결과

등급 분류(현 신앙 상태 기준)		단계 코드 분류
활동자 (예배 및 대부분의 모임 참석) A	사명자(구역장이상)	A1
	예비사명자(팀장+교사)	A2
	일반 회원	A3
비활동자 (예배는 참석 모임은 거의 불참) B	상(모임회복가능)	B1
	중(일회성 결석 우려)	B2
	하(일회성-3개월에 1~2번)	B3
결석자 (결석자) C	연락 가능	C1
	연락 불가능	C2

신천지 내부에서 회계를 담당한 적도 있었다. 신천지에서 시간을 보낼수록 입교한 시점에는 없던 회비가 점점 추가됐다. 부서, 지역회비가 생겼고, 후원헌금이 생겼다. 십일조, 절기 헌금, 감사 헌금 등도 있었고, 성전, 지역회관을 만들기 위한 추가적인 헌금도 요구받았다. 그러나 청년들은 헌금을 강탈당하는 것보다도 많은 시간을 강탈당했다.

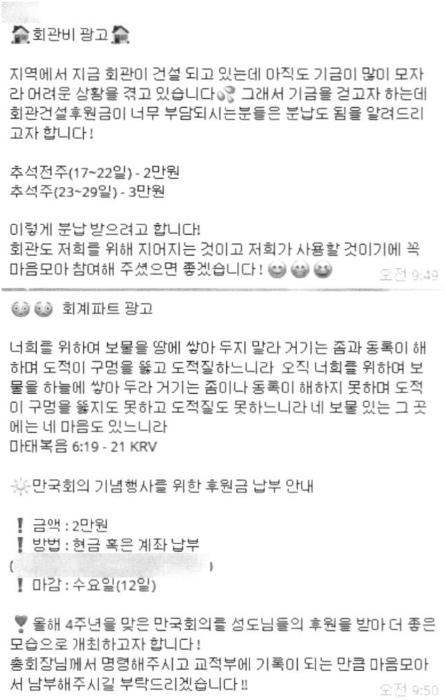

회관비 광고

지역에서 지금 회관이 건설 되고 있는데 아직도 기금이 많이 모자라 어려운 상황을 겪고 있습니다 그래서 기금을 걷고자 하는데 회관건설후원금이 너무 부담되시는분들은 분납도 됨을 알려드리고자 합니다!

추석전주(17~22일) - 2만원
추석주(23~29일) - 3만원

이렇게 분납 받으려고 합니다!
회관도 저희를 위해 지어지는 것이고 저희가 사용할 것이기에 꼭 마음모아 참여해 주셨으면 좋겠습니다! 오전 9:49

회계파트 광고

너희를 위하여 보물을 땅에 쌓아 두지 말라 거기는 좀과 동록이 해하며 도적이 구멍을 뚫고 도적질하느니라 오직 너희를 위하여 보물을 하늘에 쌓아 두라 거기는 좀이나 동록이 해하지 못하며 도적이 구멍을 뚫지도 못하고 도적질도 못하느니라 네 보물 있는 그 곳에는 네 마음도 있느니라
마태복음 6:19 - 21 KRV

만국회의 기념행사를 위한 후원금 납부 안내

❗ 금액 : 2만원
❗ 방법 : 현금 혹은 계좌 납부
( )
❗ 마감 : 수요일(12일)

올해 4주년을 맞은 만국회의를 성도님들의 후원을 받아 더 좋은 모습으로 개최하고자 합니다!
총회장님께서 명령해주시고 교적부에 기록이 되는 만큼 마음모아서 남부해주시길 부탁드리겠습니다!! 오전 9:50

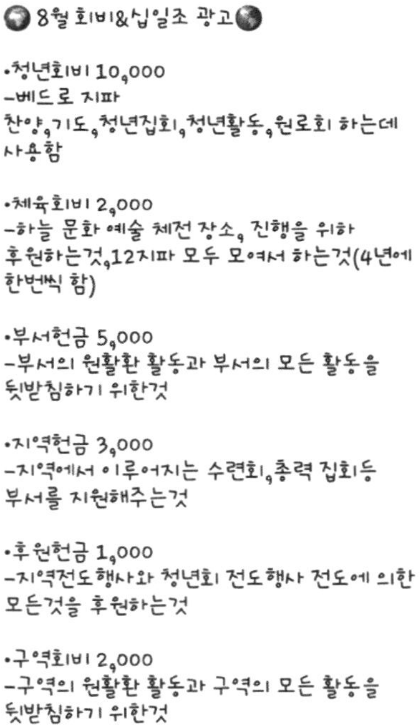

8월 회비&십일조 광고

•청년회비 10,000
-베드로 지파
찬양, 기도, 청년집회, 청년활동, 원로회 하는데 사용함

•체육회비 2,000
-하늘 문화 예술 체전 장소, 진행을 위하 후원하는것, 12지파 모두 모여서 하는것(4년에 한번씩 함)

•부서헌금 5,000
-부서의 원활환 활동과 부서의 모든 활동을 뒷받침하기 위한것

•지역헌금 3,000
-지역에서 이루어지는 수련회, 총력 집회등 부서를 지원해주는것

•후원헌금 1,000
-지역전도행사와 청년회 전도행사 전도에 의한 모든것을 후원하는것

•구역회비 2,000
-구역의 원활환 활동과 구역의 모든 활동을 뒷받침하기 위한것

섭외 팀장을 맡은 적이 있다. 내가 속했던 부서에는 섭외 구역장과 청년회 섭외 담당자가 있었다. 섭외부는 교인의 생활 컨셉, 안전 보고, 위치추적, 위험도 관리를 맡아서 처리하는 곳이다.

섭외파트 광고

각 부서에서 섭외파트 사건 생기고있습니다. 택한 자도 미혹하는 이 때 남의 일이 아니란 것 명심합시다!!

주머니 가방에 혹여나 자료있는지 확인하기 집에가서도 확인해보기
(자취생은 자료 한곳에 모아서 언제든지 한번에 정리 가능하게할 것)

핸드폰 잠금은 비밀번호 (지문, 패턴 잠금 NO)

카카오톡, 라인 미리보기 NO 식구와 문자한 내용은 반드시 삭제할 것

핸드폰 위치는 항상 켜져있어야 합니다. 배터리가 빨리 죽는게 우리 신앙이 죽는 것보단 낫겠죠?

부모님이나 가족, 지인에게 의심멘트 들었을땐 반드시 알려주고 피드백받기

핸드폰, 노트북 안의 자료는 지우거나 2중3중으로 숨길것

모두 지켜서 안전한 3주됩시다
안지키면 피곤한 일이 많이 생길거에요
전부 지키는 걸로

텔레그램 업데이트

텔레그램에서 이번에 업데이트를 하여
1. 상대방이 번호가 있는 상태에서 텔레를 가입하거나
2. 내 번호를 저장해도 내 번호가 뜨지 않게끔 설정을 할 수 있도록 업데이트를 하였습니다.
이제 해외계정을 쓰실 필요가 없습니다.

현재 해외계정으로 되어있으신 분들은 다시 본래 번호로 바꾸기 전 설정에 들어가셔서
1. 설정
2. 개인 정보 및 보안
3. 전화번호
4. 내 전화번호를 볼 수 있는 사람: 없음

순서대로 해주시면 설정이 됩니다.
설정 후 해외 계정에서 원래 번호바꿔주시면 되겠습니다.

신보요갱신

구역/이름:

1. 가족사진:
2. 가족차량사진:
3. 친척사진:
4. 친척집주소:
5. 친척차량사진:

위치어플 변경안내

!!최근 지인 신천지인 확인법:
=>위치어플(젠리) 친구수가 많을시 신천지인이라고 확신함

1 기존 젠리어플: 탈퇴 및 삭제
2 패미(Famy)로 설치!:
필요인원끼리 그룹설정하기 (사명자-위험인원)

설치방법
1. 안드로이드: 원스토어-패미 설치 가능
2. 아이폰: 앱스토어-패미 설치 가능

섭외파트 광고

이번 추석을 맞이하여 부서에서 작은 이벤트 합니다~~
각 구역회원님들이 이번추석에 내려가 가족들과 사진을 찍고 또 주소와 여러가지 신보요에 필요한 정보들을 알아와주시면 그것으로 점수를 매겨 부서에서 시상을 합니다

많은 참여 부탁드려요~~!!

꼭 가족사진과 친척들 사진 주소들을 알아옵시당!!

개강 컨셉 양식
1. 이름: 등급:
2. 부모님 신앙여부
(어느교회 직책 작성)

3. 걸림사항
(센터 비비 입교 후 모든걸림사항)

4. 아침모임

5. 늦은귀가

6. 평소 활동 컨셉

7. 수,일 예배 컨셉

8. 컨셉 이행 여부 및 특이사항
-

*4-7번 문항 컨셉에 대한 부모님 반응까지 적기

만국 회의 컨셉

1. 이름: 등급:

2. 참석여부(o,x)

3. 참석형태(관추,현장)

4. 참석기간

5. 컨셉

6. 컨셉 준비 및 실천사항

7. 가족간 신뢰도

추석 명절 컨셉

1. 이름: 등급:

2. 추석 이동 경로

3. 이동수단(소유자, 차종, 색상, 번호)

4. 예배장소 및 컨셉
-수:
-일:

5. 컨셉준비 및 실천사항

6. 가족 컨셉신뢰도

현재 군입대한 형제
섭외파트인원인데

현재
아버지 010
어머니 010

이번호로 연락이 오면
받지말라고 전달 부탁드리겠습니다!
기존폰을 백업을 하셔서
있던 번호로 전화를 다 돌리고 계십니다

문자로도 오시는데
1. 종교에서 만났냐
2 가냐
3 이랑 어떤 관계냐

이런식으로 물어보기때문에
계속 아니라고 하고 그냥 친구라고 하시면
될거같습니다
그리고 계속 문자를 이어서 할필요는 없고
적당히 끊어주시면 됩니다!
애매한것은 피드백 받아주세요!

나는 신천지에서 다양한 직책을 맡았으나, 전도에는 번번이 실패했다. 나는 이 '교리'가 진리라면, 굳이 친한 척하지 않아도 사람들이 스스로 분별한 후 신천지에 합류할 것이라 생각했다. 그래서 굳이 전도 대상에게 친한 척 억지로 다가가지 않았다. 본래 조직 운동은 이렇게 해선 안 된다. 나를 관리하던 간부들은 내가 전도에 실패할 때면 기도를 더 해보자고 했다. 지금 생각하면, 전도를 성공하지 못해 다행이다.

신천지 내부에도 신도들 간의 감정적인 다툼이 있다. 일반적으로 싸우는 것처럼 심한 욕을 하거나, 상부에 "저 사람 때문에 신앙 못 하겠다"고 보고하기도 한다. 옆 신도와의 다툼으로 신앙에서 멀어지는 것을 내부적으로 '실족했다'고 표현한다. '전도수치'를 두고 싸울 때도 많다. 신도가 전도한 수치가 데이터화되어 상부에 보고되기 때문에 '전도수치'는 상당히 민감한 문제다. 이 경우 상부에서 과도한 할당량을 하달하고, 부족할 경우 노동을 강요하기 때문에 다툼의 원인이 된다. 성과주의의 부작용이 신천지 내부에 가득하다. 이러다 보니, 일선에서 전도에 대해 거짓으로 보고하기도 한다. 전도가 진행되지 않은 상태에서 되었다고 보고하여 상부의 훈계를 피하는 식이다. 이러한 과정에서 보고서가 부풀려진다.

신천지 사람들은 교리에 대한 자료에 집착했다. 대부분 수업을 들으며 본인들이 직접 필기한 것들이었다. 물론 막상 자료가 있어도 읽지는 않았지만, 그것을 축적하는 것에 가치를 두었다. 자료를 모으는

나간 아들을 찾기 위해 신천지 교회 앞에서 눈물을 흘리며 1인 시위를 하던 부모를 본 적이 있다. 신천지는 그가 돈을 받고 아르바이트를 하는 것이라고 설명했다. 그자는 악마이니, 그 어떤 대화도 접촉도 하지 말라고 했다. 많은 신천지 교인들은 강사들의 말을 그대로 신뢰했다. 돌이켜보니, 수만 명에 달하는 집단을 적으로 돌리고 매일 1인 시위를 하던 그의 모습을 생각하면, 이제는 마음이 미어진다.

신천지에서 광주, 전남을 관할하는 베드로지파는 절대적인 입지를 가지고 있다. 2020년 현재까지 12지파 중 신도수 1위를 유지하고 있는 신천지 최대 세력이기 때문이다. 전남 담양 고서에는 신천지 베드로지파장이 기거하는 저택이 있다. 베드로지파는 '고서 봉사' 지시를 하달할 때가 있는데, 지파장 집에서 봉사하라는 광고다. 나는 그곳에

관리자

전달된 메시지

보냄

<협조광고>
고서관련봉사
-내용 : 죽순작업
-일시 : 6.7(금)
오후12:30~18:00(도착예정)
-복장 : 작업복(긴팔), 여벌옷(갈아입을옷)
-집결장소 : 성전 주차장
-협조요청부서 : 대학부 지역별 힘센 형제 1명씩

부서/이름/연락처

회장님 통해 내려온 것입니다

오후 8:45

가면 어떤 일을 하는지 궁금했다. 윗선에 봉사에 참석하겠다고 했고, 얼마 후 짐짝 마냥 1톤 트럭에 실려 지파장 집에 갔다. 지파장 집에 도착한 직후, 풀을 뽑으라는 지시를 받았다. 함께 일하러 온 남성 신도는 풀을 뽑으며, 우리 마음 밭에 잡초처럼 자라는 생각도 함께 뽑아야 한다고 했다. 그는 하나님의 일을 하다 보니 만물을 통해 배우는 것 같다며 기쁜 마음으로 봉사하자고 했다. 어이가 없었다. 심지어 그는 "'고서 봉사'에 가면, 지파장님이 항상 밥을 고봉으로 주시고 고기 반찬도 주신다. 지파장님은 인심이 후하신 분"이라고 했다. 그날 이후, 나는 더 이상 고서 봉사에 참여하지 않았다. 대신 고서에 다녀온 주변

5주년 918 카드섹션 단원 모집 광고

5주년 918만국회의 카드섹션을 빛내줄 1,118명의 광주지부 단원님들을 아래와 같이 모집합니다.

1. 단원 선출 기준
1) 9/17 (월) 오후5 시부터 9/18(화) 저녁까지 참여 가능한 자 (행사시작 후 퇴장 시 재 입장 불가)
*19일 새벽에 도착할수 있으니 참고

2) 교육 시 지각 및 결석이 없이 모두 참석 가능한 회원
* 연습 일정(토/일) : 8/24 ,25, 31, 9/1 ,7, 8, 15 총 7회

<건설부 협조건>
-내용 : 무등센터 2층
-일시 : 6/4 화 오전타임(8-12시)
-장소 : 북구 신안동
-복장 : 작업복장, 운동화(무거운 짐 들고, 힘 많이 씀)
-내역:
1. 석고보드, 센드위치 판넬 2층까지 옮기기 (엘레베이터 없음)
-부서 협조 인원: 대학부 지역별 형제3명씩

<부서/이름/연락처>

*누적바랍니다.

오후 10:07

전달된 메시지
보냄

후발대 주차봉사
일시:7월 31일(수) 19:20~21:10(식사인원은 19:10까지)
모임 장소:한길유통 옆 철문 안의 식당
협조부서: 조대1,2,3,4,5,6부 광주대 보건대(부서별 형제 1명씩,조3 형제2명)
조대1부 연합대
연합대
-
-

교인들에게 어떤 일을 했는지 물어봤다. 밭을 갈고, 열매가 열리는 나무들을 관리하고 잡초를 뽑는 등의 일을 청년들이 무상으로 해주고 있었다. 부녀부 교인에게 가사노동과 식사를 준비를 맡기기도 했다.

신천지에 다니는 청년들은 강제 노동에 직면하고 있었다. 전도행사 준비는 물론이고, 센터 신설, 교회 건축을 비롯한 막노동에도 청년들이 무일푼으로 동원되었다.

신천지에서 내부적으로 '성지'로 여기는 청도에 다녀온 적도 있다. 경상북도 청도는 이만희의 고향이다. 신천지는 역사 완성이 이루어지면 수많은 지구인들이 이곳으로 성지순례를 올 것이라고 교육했다. 가지가 휠 정도로 열매들이 가득 맺혀있는 과수원은 상당히 인상적이었으나 "이곳은 총회장님이 기적을 보신 곳입니다!"라고 설명해주는 다대오지파 교인의 말에서는 별 감흥을 느끼지 못했다. 무미건조했다. 그는 대적자가 이곳으로 찾아올 수도 있다며 사진을 찍지 말라고 했다. 나는 몰래 사진을 남겨두었다. 가이드는 어떤 장소에 있는 돌을 가리키며 이만희 총회장님이 울며 기도한 장소라고 했다. 이 돌이 요한계시록 실상의 일부라는 설명을 들은 사람들이 그 돌을 만지기 시작했다. 묘한 이질감과 괴리감이 느껴졌다. 너도 와서 만져보라며 웃는 사람들이 한없이 어리석게 느껴졌다. 이방인이 된 기분이었다.

신천지에 다니기 시작한 후로 1년이 지났다. 나는 알고 지내던 사람의 추천으로 수강생과 함께 센터를 재수강하는 '섬김이'로 전도에 참여했다. 수강생은 전국에서 가장 규모가 크다는 광주역센터에 다니던 동갑내기였다. 광주역센터는 5층 건물을 통으로 사용했다. 그는 신천지 정식 신도가 되었으나, 얼마 못 가 신천지를 빠져나갔다. 그 친구에 대한 전도 작업이 마무리된 후, 나는 동규에 대한 전도를 시작했다. 동규는 나에게 가장 친한 친구였고, 동시에 내 주변 사람들 중에서 가장 똑똑했다. 나는 그가 신천지 교리를 배워보고, 어떤 판단을 내릴지 궁금했다. 2016년 1월, 동규에게 만나자는 연락을 했다.

제2장

절친, 김동규를 전도하라

01 제안과 만남

동규

2016년 1월 말, 형민에게서 만나자는 연락이 왔다. 약속장소는 광주 충장로에 위치한 어느 카페였다. 형민을 처음 만난 건 고등학교 2학년이던 18살 시절이다. 그해, 나는 사회운동 진영 중에서도 NL 계열에 해당하는 청소년 단체 '21세기 청소년공동체 희망 광주지부'에서 활동하고 있었다. 처음에는 친구와 함께 '입시 타파'라는 행사에 참석했고, 이를 계기로 해당 단체 구성원들과 자연스럽게 친분을 형성했다. 그중 한 사람이 형민이었다. 나에게 형민은 처음으로 서로를 이해한 친구이자 현재까지도 가장 가까운 친구다.

지난 8년 동안 우리는 이번 주까지 매주 평균 3번씩 만날 정도로 긴밀한 관계를 유지해왔다. '희망'에 가입한 이후에는 집회에 참석하거나 행사 진행을 도왔다. 단체 간부들은 대부분 통합진보당 당적을 가지고 있었고, 새롭게 합류한 청소년 회원 중 일부에게 입당을 제안했다. 얼마 후, 나도 통합진보당 광주시당에 입당했다. 그즈음 통합진보당 광주시당은 김대중컨벤션센터에서 열릴 예정이었던 '2013 정책당대회'를 앞두고 1일 1당원 입당 캠페인을 진행하고 있었다. 내가 입당원서를 제출한 직후 선배 활동가가 촬영한 인증샷이 통합진보당 광주시당 페이스북 페이지에 소개됐다.

돌이켜보건대, 내가 희망에서 활동하게 된 계기에는, 아마 어린 시절에 겪었던 학교폭력을 비롯한 아픔들이 주요하게 작용했던 것 같다. 나는 당대의 현실이 너무나 부당하다고 느끼고 있었고, 세상을 바꾸기 위해 스스로가 가진 것이라면 무엇이든, 바치고 싶었다. 누군가 이끌어주는 이를 따라 헌신적인 한 사람의 병사로서 담대한 변화의 길에서 죽고 싶었다. 2014년 12월, 통합진보당이 해산된 이후, 나는 방향성을 상실한 채 대학에 진학했다.

2016년 1월 말, 광주 충장로에 위치한 어느 카페에서 형민이 나에게 성경을 공부해보자고 제안했다. 그는 성경을 공부하면 정신적 성장에 도움이 되고, 세상 이치를 깨달을 수 있다는 말을 덧붙였다. 나는 한동안 그의 이야기를 들었고, 곧 그의 제안을 수락했다. 다음 날, 우리는 다시 같은 장소에서 만났고, 형민은 나에게 A를 소개시켜 주었다. A는 본인을 전남대학교 공과대학 재학생이자 성경강사라고 소개했다. 나중에야 알게 되었지만, 그는 보건대학교 물리치료학과 재학생이었다. 학별을 비롯해서 그에게 들은 많은 것들이 거짓이었다. 그날 이후 나, 형민, A는 자주 만남을 가졌다. 몇 번에 걸친 만남에서 심리상담이 진행되기도 했다. 2월을 막 넘긴 시점에, A가 본격적인 성경공부를 제안하며 1주일에 2번씩 만나자고 했다.

형민

동규 전도에 앞서, 담당 구역장과 사전 회의를 진행했다. 나는 구역장에게 동규에게 신천지라는 사실을 밝히고 '공개 전도'를 진행하고 싶다고 했다. 구역장은 가장 소중한 친구의 구원이 걸려있는 문제이기 때문에 안전한 방식으로 진행하자고 반론했다. 회의 자리에서 동규의 관심사, 가족사, 연애사 등을 공유했다. 교사를 붙여줄 때는 학력으로 우위를 선점하기로 하고, A를 연세대학교에 합격했으나 등록금 문제로 전남대학교에 다니고 있는 사람으로 설정했다. 나는 카카오톡에 동규를 '김동규(희망)'로 저장해두었다. 동규를 처음 만난 곳이 청소년 단체 희망이었기 때문에 소속을 표기해둔 것이다. 이를 본 신천지 교인들이 '형민이한테 동규는 무슨 수를 써서라도 전도해야 할 희망이구나!'라고 지레짐작했던 일은 지금 생각해도 웃음이 나온다.

동규

그즈음 나는 노동 사건으로 조사를 받고 있었다. 특성화고등학교에 다니던 지인이 현장실습생으로 취업한 사업장에서 심각한 인권침해에 직면했다. 그는 주 6일 출근하여 매일 11시간씩 일했고, 임금 205만 원을 체불당했다. 점장은 그의 정강이를 걷어차고, 심한 욕을 했다. 그 이야기를 들은 나는 깊이 분노했다. 그 길로 회사 대표에게 전화를 걸었다. 대표는 "현장실습생에게는 최저임금을 안 줘도 된다"고 당당하게 응대했다. 그러나 그건 사실이 아니었다. 앞선 2011년, 기아차 광주공장에서 일하던 영광실고 현장실습생이 주 60시간에 이르는 장시간 노동을 견디지 못하고 뇌출혈로 쓰러졌다. 비난이 쇄도하자, 당국은 "현장실습생이라고 해도 현장 노동자와 똑같이 일하면 노동자로 인정하고 권리를 보장해야 한다"는 내용의 대책을 발표했다.

그러나 이 같은 사실을 전달했음에도 사업주는 임금 지급을 거부했고, 나는 이 사건을 페이스북을 통해 폭로했다. 그 이후 한동안 그 회사 직원들에게 견디기 어려운 비난을 받았다. 다행히 페이스북에 올린 글을 통해 사건이 상당히 널리 알려졌다. 논란이 커지자, 회사 대표가 합의를 요청했다. 학교 교사들이 나서서 회사 대표와 이야기를 나눈 후 체불임금의 일부를 받기로 했다. 교사들은 내 지인에게 "김동규는 이상한 새끼니까 그만 어울리라"고 했다. 얼마 후 학교 측 중재로 합의가 이루어졌다. 합의 내용은 "갑은 을에게 체불임금 65만 원을 지급한다. 을은 갑에게 더 이상의 민형사상 이의를 제기하지 않는다"였다. 을은 당장 생계를 이어나가기 어려운 상황에 처해있었고, 합의는 그대로 이루어졌다.

1주일쯤 지났을까. 광주 남부경찰서에서 전화가 왔다. 회사 대표가 명예훼손 혐의로 우리 두 사람을 고소했으니, 출석해서 경찰 조사를 받으라는 내용이었다. 담담하게 알겠다고 이야기했지만, 사실은 무서웠다. 깊은 무력감이 엄습했다. 곧 광주 남부경찰서에 출석해서 조사를 받았다. 외로운 시기였다. 2016년 봄, 나는 심적으로 많이 힘든 시기를 보내고 있었다. 밤이 되면 견디기 힘든 괴로움이 가슴 속을 파고들었다.

그런 나에게 A의 제안은 아주 달콤하게 느껴졌다. 한 번쯤 기독교 세계관을 배워보고 싶다는 생각도 있었기 때문에, 무슨 내용인지 들어보자는 생각으로 그의 제안을 수락했다. 며칠 뒤, 우리 세 사람은 광주 시내에 위치한 신천지 복음방에서 만났다. 그때는 단순한 스터디 카페인 줄 알았다. A는 나처럼 성경공부를 원하는 사람이 또 있다며 B를 모임에 참여시키자고 했다. 나, 형민, A, B 네 사람은 1주일에 두 번씩 복음방에서 만났다. 이때 공부한 내용은 기독교 교단들이 보편적으로 공유하는 세계관 정도에 불과했다. 외국에서 제작한 예수에 대한 영화를 보고 성경에 나오는 상식적인 이야기들을 들었다. 아브라함, 모세, 야곱, 카인, 노아 등, 살면서 스치듯 접했던 성경 속 인물들에 대한 자세한 이야기를 알게 되었다. 강사는 지금은 시기가 이르지만 숨겨진 이야기들이 많다는 뉘앙스를 풍겼다.

02 미끼를 물다

동규

복음방 수업이 끝나면, 형민, B와 함께 밥을 먹거나 카페에 갔다. B는 그 자리에서 오늘 수업 중에 이해되지 않는 부분이 있었다며 나에게 질문을 하고는 했다. 고민 따위는 찾아볼 수 없는, 간단한 질문들이었다. 나는 식사하는 시간에 뭐 이런 쓸데없는 걸 묻는지 싶었고, 노골적으로 귀찮다는 티를 내며 짧게 대답했다. 내 대답을 들은 B는 "동규는 정말 아는 게 많구나" 하며 나를 칭찬하고는 했다. 분위기에 맞지 않는 말이었기 때문에, 상당히 의아하게 느꼈었다. 나중에 알게 되었지만, 세 사람은 모두 신천지 신도들이었다. 세 사람이 한 사람을 꽁꽁 싸매고, 합리적인 의심이 불가능한 조건을 형성했던 것이다. 그들은 서로를 친분이 없는 사이인 것처럼 대했고, 성경에 대해 각자 다른 수준의 이해를 하고 있는 것처럼 행동했다. 이 경우, 전도 대상자는 같은 수강생 입장인 B에게 고민을 토로하기 마련이다. B는 수강생의 발언을 강사에게 보고했고, 강사는 노련한 언변으로 수강생의 마음을 다독였다. 이 모든 사실을 알게 된 지금에 와서는, 치욕감에 온몸이 떨린다. 몇 달간 친밀감을 쌓아왔던 상대의 모든 행동에 '의도성'이 있었다는 사실은, 한 인간의 마음을 깨진 유리처럼 산산조각으로 부숴버린다.

2016년 2월 말, A로부터 "내가 가르칠 수 있는 건 여기까지"라는 이야기를 들었다. 그는 더 자세한 내용은 '센터'에 들어가면 배울 수 있다고 했다. 그는 센터를 "생명수를 값없이 주라"는 성경 말씀에 따라 무료로 성경을 가르쳐주는 곳이라고 설명했다. 앞으로 6개월 동안 월, 화, 목, 금, 주 4회 2시간씩 성경을 배우면, 성경을 어느 정도 터득할 수 있다는 말도 덧붙였다. 2016년 2월 18일, 나는 형민, B와 함께 전남대학교 사거리에 위치한 센터에 면접을 보러 갔다. 그곳에 상주하던 전도사 C는 "앞으로 당분간은 세상 것들 잠시 내려두고 말씀에 집중하자"고 신신당부했고, 지원서를 작성하라고 했다. 나는 상당히 많은 개인정보와 함께 증명사진을 제출했다. 나는 합격통보를 받았고, 형민, B와 함께 센터에 다니기 시작했다. 강사 A는 합류하지 않았다.

앞으로 어떤 것들을 배우게 될까? 단순히 새로운 지식을 접하게 될 것이라는 생각에 설렜다. 물론 나는 새로운 지식을 접하기는 했다. 그것은 바로 '신천지'라는 조직 그 자체였다. 이 시점에는 신천지가 무엇인지 전혀 모르고 있었다.

형민

복음방 과정이 시작된 직후 놀고 있는 구역원 한 명을 '섬김이'로 투입했다. 곧 동규는 센터 과정으로 넘어갔다. 나는 재수강하는 입장에서 센터 수업을 들었다. 동규가 센터 면접을 봤던 2016년 2월 18일, 일기장에 이렇게 적었다.

2016년 2월 18일

오늘은 동규의 센터 면접일이다.

사탄이 무엇으로 틈탈지는 여전히 알 수 없다.

식구들에게도 7개월이라는 센터 수강은 고민거리이다.

동규가 하루빨리 구원의 비밀을 깨닫기를….

동규가 말씀을 깨닫기 위해서는 내가 더 정신 차려야 한다. 더 기도하고 노력해야겠다. 내가 기도 몇 번 했다고 열매가 맺어질 것이라고 기대하지 말라던 이 목 말씀이 맞다.

그날의 일기를 다시 읽어보니, 수치감에 얼굴이 화끈거린다. 이게 신천지였다. 아마 신천지와 함께하는 사탄의 영이 대신 쓴 일기로 추정된다.

센터에 입교한 이후, 동규는 헷갈리는 부분을 나에게 물어봤다. 섬김이로 투입된 B는 수업을 이해하지 못한 것처럼 행동하며 동규에게 질문을 했다. 연기를 잘하는 사람이 아니었기 때문에, 나중에 잎사귀였음을 알릴 시간이 걱정되었다.

03 보이지 않는 실체

동규

2016년 2월 25일 7시, 신천지 전남대학교 사거리센터 첫 수업이 열렸다. 이날부터 본격적으로 '비유풀이'에 대해 배웠다. 성경 66권 중 이사야에 나오는 구절, 디모데 후서에 나오는 구절, 로마서에 나오는 구절이 비유로 연결되어 있었다. 정말 완벽해 보였다. 성경에 숨겨진 비밀을 접하는 느낌이었다. 마치 풀이 과정을 통해 수학문제의 정답을 찾듯, 이사야에 나오는 특정 단어에 숨겨진 의미가 다른 구절을 통해 도출되었다. 강사는 매우 탁월한 실력을 갖추고 있었다. 그것은 1주일에 4일을 5시간씩 강연한 결과물이면서 동시에 타고난 재능임이 분명해 보였다. 일상의 시간들을 보내다가도 강연만 들으면 성경에서 나아갈 길을 찾은 것 같은 느낌이 들었다. 성경이 확실한 정답을 이야기하고 있다고 느낄 때마다 짜릿한 쾌감이 느껴졌다.

2016년 3월 21일, 센터 입교 후 한 달 정도 시간이 흘렀다. 이 시점에도 나는 여전히 주 4회 센터에 나가서 성경을 배우고 있었다. 이날 강연은 아찔할 정도로 인상 깊었다. 주제는 '한국 기독교의 역사'였다. 강사는 1885년 선교사 알렌의 '광혜원' 설립과 1907년 평양 대부흥을 언급하며 강의를 시작했다. 그는 한국 기독교에는 태생적인 타락이 있다며 두 가지 사례를 언급했다. '신사참배'와 '군부독재협력'이었다.

1938년, 조선예수교장로회는 27차 총회에서 '신사참배'에 동참할 것을 결의했다. 그들은 헌금을 모아 일제에 전투기 '조선 장로호'를 바치기도 했다. 그들은 하나님의 이름으로 일본 제국주의가 일으킨 전쟁에 협력했다. 반면, 마지막까지 신앙을 저버리지 않은 사람도 있었다. 그의 이름은 주기철, 신사참배를 거부했다는 혐의로 구속되어 모진 고문을 당했지만 끝내 굴복하지 않았다. 1944년, 그는 평양 형무소에서 순교했다.

1980년 오월 광주, 그곳에 있던 기독교인들도 마찬가지였다. 수많은 신자들이 피를 흘리며 쓰러져갔다. 그들은 10일간의 항쟁을 마지막까지 지켰다. 국립 5·18민주묘지에 즐비한 비석들을 살펴보면, 비석 뒷면에 묘비문이 쓰여있다는 사실을 발견할 수 있다. 가족이나 친지들이 남긴 말도 있지만, 그만큼이나 많은 비석에 성경 구절이 새겨져 있다.

"너희는 마음에 근심하지 말라. 하나님을 믿으니 또 나를 믿으라.
내 아버지 집에 거할 곳이 많도다 (요14:1)."

엄혹한 시절, 국가폭력에 의해 세상을 떠난 이들에게 하늘나라는 어떤 곳이었을까? 강사는 5·18에 대해 이야기하며 포즈(pause) 기법을 적절히 사용했다. 그는 폭력에 대해 말하던 중에, 몇 초간 말을 멈추고 정적을 만들어냄으로써 비감함을 고조시켰다. 이어 “저희 교단에도 5·18을 겪으신 분들이 있다”며 몇몇 당사자들의 이야기를 언급했다. 눈물이 고여왔다. 1980년 8월 6일, 롯데호텔에 모인 한경직 목사를 비롯한 기독교 지도자들이 ‘전두환을 위한 기도회’를 거행했다. 그들은 “전두환 사령관을 성경에 나오는 여호수아 장군처럼 훌륭한 지도자로 만들어달라”고 하나님께 기도했다. 불과 3개월 전, 광주에서 있었던 학살을 생각할 때, 너무나도 부끄러운 행위였다. 나는 강사의 예리한 비판에 동의를 표하지 않을 수 없었다.

이렇듯 신천지는 한기총을 비롯한 기성 교단 일부 세력의 비리와 타락을 자신들을 위해 적절히 이용하고 있다. 이들은 기성 교단에 대한 비판을 토대로 ‘내부적 단결’을 도모한다. 물론 이것은 마태복음 7장에 나오듯, “어찌하여 형제의 눈 속에 있는 티는 보면서 네 눈 속에 들보는 깨닫지 못하느냐”의 완벽한 사례일 것이다. 그러나 이와 별개로, 여러 기성 교단들에 과거의 잘못을 회개하고 반성해야 할 책임이 있는 것은 사실이다. 기독교 지도자들은 시민이면서 동시에 기독교인이기도 했던 오월 영령들 앞에서 회개해야 한다.

다음 날, 나는 센터에서 스피치를 했다. 센터는 150명이 동시에 수업을 듣는 곳인데, 전도사의 요청에 따라 앞에 나가서 '한국 기독교사'를 설명했다. 이전부터 역사에 대한 나름의 인식이 있었기 때문에 자신 있는 분야였다. 내 설명이 끝나자, 좌중에서 우레와 같은 박수가 터져 나왔다. 물론 그들 중 다수는 신입 수강생이 아닌 기성 신천지 신도였다. 그러나 이 사실을 모르고 있던 나는 짜릿한 유능감을 느꼈다. 물론 객관적으로도 나쁘지 않은 설명이었지만, 그들은 '인정욕구'를 적절히 이용할 줄 알았다.

신천지는 나에게 많은 것들을 제공해줄 수 있는 것처럼 행동했다. 어느 날 담당 전도사가 아닌, 다른 전도사가 따로 하고 싶은 이야기가 있다며 나를 불렀다. 신천지 센터에는 몇 사람의 전도사가 있는데, 그들은 1인당 10팀 정도를 담당한다. 1팀은 신천지 2명, 신입 수강생 1명으로 구성되어 있다. 나를 불러낸 전도사는 뜬금없이 현실정치에 대한 이야기를 꺼냈다. 역시 나중에 알게 되었지만, 나의 관심사, 연애 관계, 가족사를 비롯한 모든 사적 정보들은 이미 전도사들 사이에서 공유된 지 오래였다. 그는 나지막이 말하기 시작했다.

"동규 씨가 정치에 관심 많다는 이야기 들었어요. 저도 정치에 관심이 많고, 직전 선거에 후보자로 출마하기도 했어요. 어제는 유력한 정치인으로부터 보좌관으로 와달라는 제안도 받았어요. 하지만 (성경을 만지며) 이 말씀이 중요하기 때문에 안 가고 계속 말씀 곁에 남아 있는 거예요."

찾아보니, 그는 실제로 2014년 지방선거에 광주 북구의원 후보로 출마한 사실이 있었다. 2014년, 그는 한국 나이 31세로 매우 젊은 나이였고, 경력으로는 '예향 빛고을 문화센터' 대표가 전부였다. 그러나 그는 첫 선거에서 무려 2,541표 10.89%를 득표했다. 나름 정치에 관심을 두고 있는 사람이라면, 광주에서 '무소속'으로 구의원 선거에 처음 출마한 후보자가 민주당계나, 각 진보진영 후보자들이 있는 상황에서 이 정도 지지를 받는 게 상당히 이례적인 일임을 금방 알 수 있다. 해당 선거구 경쟁자였던 통합진보당 ○○○ 후보는 2,651표 11.37%를 득표했다. 그는 민주노동당 북구위원회 부위원장, 민주노동당 중앙당 조직국장, 통합진보당 북구위원장을 역임했고, 같은 지역에서 2006년 지방선거와 2008년 총선에 출마한 전력이 있다. 해당 전도사는 같은 지역에서 세 번째 선거에 나선 후보와 같은 수준의 득표력을 단숨에 확보한 셈이다.

나중에 확인해보니, 신천지 베드로지파가 해당 전도사를 구의원 선거에 출마시킨 후, 조직적으로 지지했다는 사실을 확인할 수 있었다. 그가 대표를 맡았던 '예향 빛고을 문화센터'는 신천지 위장단체였다. 해당 단체는 '캘리그라피 전시'를 주요 사업으로 진행해왔다. 신천지는 전도에 있어 '캘리그라피 전시회'를 자주 활용하는데, 광주에서 신천지 전도에 활용된 전시회는 대부분 이 단체에 의해 진행되었다. 신천지 전도 과정에서 나처럼 "성경을 배워보자"는 이야기를 바로 듣는 사람들도 있지만, 이것은 '공격전도'라고 불리며, 실제로는 전시회 등을 통해 자연스럽게 친분을 쌓고 나서야 성경공부를 제안하는 경우가 대부분이다. 이 경우, 전도 대상에게 전시회 초대권을 받았다며 캘리그라피 전시를 보러 가자고 제안하고, 전시를 본 후에는 카페에 간다. 여기서 자연스럽게 전시회에 있던 몇몇 성경 구절 이야기를 꺼내고는, "성경 문구들이 인상 깊더라. 생각해보니까 아는 사람 중에 성경으로 심리상담을 해주는 사람이 있는데 한번 만나보지 않을래?"라고 제안하는 과정을 통해 대상자를 '복음방' 과정으로 끌어들인다. '텍스트'에 대해 이야기를 나눠야 하는 입장에서 '캘리그라피 전시'가 유용한 도구로 활용되는 건, 자연스러운 일이라고 볼 수 있다.

해당 전도사의 사례는 명백한 신천지 베드로지파 자체 정치세력화 시도다. 이들은 구의회 선거에서 본인들의 조직력이 얼마나 유효한 것인지 시험해봤다. 광주 북구는 신천지 내부에서 호남 지역을 관할하는 신천지 베드로지성전이 위치한 곳이다. 신천지 베드로지파는 지속적으로 지역 사회에 대한 장악력을 넓혀나가고 있다. 개인이 선거에 출마하는 건 자유롭게 보장되어야 할 헌법적 권리다. 그러나 특정 교단의 세력 확충을 위해 정체를 숨긴 상태로 출마하는 건, 용인되어선 안 되는 일이다. '김동규를 성경에서 떠나지 못하게 하라'는 의도를 가지고 진행된 다른 팀 전도사와의 만남은, 나로서는 그들 세력에 대한 중요한 힌트를 얻는 계기가 되었다. 물론 실제로 그를 만났던 날에는 소신껏 살아가고 있는 신실한 사람 정도로 생각했다.

형민

동규는 센터에 다니는 기간에도 항상 다른 일을 우선시했다. 이를 걱정한 전도사가 나에게 동규의 관심사를 알려달라고 했다. 나는 5·18과 정치에 특히 관심이 많다고 알려주었다. 전도사는 5·18 유가족과 몇몇 정치인을 알고 있다며 자리를 마련해보겠다고 했다. 그는 옆 반을 담당하던 한현욱 전도사가 선거에 출마한 적이 있다며 둘의 만남을 주선했다. 한현욱 전도사는 동규를 불러 "세상일보다 하나님의 말씀을 배우는 것이 중요하다"고 교육했으나, 씨알도 먹히지 않았다. 동규의 태도는 변함이 없었다. 그런 모습에 전도사는 "동규는 말씀을 받기에 부적합한 사람인 것 같아서 걱정이 된다"고 말했다.

04 이곳이 신천지라니…

동규

시간의 흐름과 함께, 나는 신천지 센터에서의 생활에 적응해갔다. 물론 그곳이 신천지라는 사실은 전혀 눈치채지 못했다. 2016년 3월, '명예훼손' 관련 사건이 기소의견으로 검찰에 송치되었다. 곧 검찰 수사관에게서 출석해서 조사를 받으라는 연락이 왔다. 세상에서의 삶이 힘들어질수록 나에게는 도피처가 필요했다. 점차 내 마음속에는 성경에 대한 의존적인 사고방식들이 많아졌다. 이것에 기댄다면, 이 험난한 세상을 어떻게든 헤쳐나갈 수 있을 것 같았다.

2016년 4월 16일, 지인들과 함께 술자리를 가졌다. 그중 한 명이 기거하고 있던 사무실에서 늦게까지 술을 마셨다. 나는 그들에게 요새 성경을 배우고 있다는 이야기를 했다. 나는 그 자리에서 전혀 예상하지 못했던 답변을 얻을 수 있었다. "그 센터가 사실 신천지야"라는, 꿈에서조차 상상하지 못했던 일격이었다. 그는 신천지에 대해 어느 정도 알고 있었고, 꽤 자세하게 여러 종교들에 대해 이야기해 주었다. 도저히 납득할 수 없었고 여전히 그럴 리가 없다는 생각이 들었다. 참으로 어리석게도, 나는 완벽하게 속아 넘어간 상태였다. 3명이 한 사람을 둘러싸고 모든 인식을 통제하는 상황에서, 인간은 생각 이상으로 무력했다. 여전히 내가 다니는 센터가 신천지일 리가 없다는 생각이 들었다. 평범하게 성경을 배우던 그곳의 풍경에 '신천지'라는 단어는 어울리지 않았다. 그러나 구체적인 설명을 듣고도 합리적인 판단이 불가능할 정도는 아니었다.

속았다는 깨달음에 이루 말로 표현할 수 없는, 절망적인 배신감이 엄습했다. 그들이 끊임없이 이야기하는 '교리'를 판단하는데 집중하다 보니, 정작 내가 어디에 와있는지에 대해서는 생각이 미치지 않았다. 당해보지 않은 사람은 상상도 못 할 정도로 분노가 치밀어 올랐다. 분노라는 표현만으로는 설명될 수 없을 정도로 압도적인 감정이었다. 절망감, 분노, 적대감, 슬픔, 부끄러움과 같은 감정들이 소용돌이쳤다. 술자리를 마치고, 나는 전남대학교 정문에 위치한 피시방에 갔다. 그곳에서 신천지에 대해 찾아보기 시작했다. 센터 과정에서 내가 인터넷, 페이스북 등을 할 때마다 전도사와 형민은 '인터넷은 나쁜 것'이라며 경계심을 드러내곤 했다. 심지어는 그것들을 '뱀의 독'이라거나 '사탄이 역사하는 곳'으로 표현하기도 했다. 나는 그 이유를 그제야 알게 되었다. 나는 그 자리에서 CBS가 제작한 '신천지에 빠진 사람들'도 시청했다. 그 사실이 형민에게 전달되었을 거라고는 예상하지 못했다.

형민

4월 17일 새벽, 전도사에게서 급한 연락이 왔다. 동규가 전남대학교 정문 근처 피시방에서 '신천지에 빠진 사람들'을 보고 있다는 내용이었다. 피시방 종업원이 신천지 교인이었기 때문에 파악할 수 있었다. 그는 "김동규라는 사람이 13번 자리에서 '신천지에 빠진 사람들'을 보고 있다"고 상부에 보고했다. 그의 보고는 피라미드 상층부로 올라갔고, 광고가 되어 다시 사방으로 내려왔다. 이들은 피시방뿐만 아니라 일상 속에서 신천지와 관련된 이야기를 하는 사람들을 발견할 경우에도 같은 방식으로 대처한다. 이들은 카페, 식당 등지에서 신천지 이야기를 하고 있는 사람들의 사진을 몰래 촬영하여 시간과 장소, 대화 내용 등을 기재하여 윗선에 보고했다. 동규가 '신빠사'를 봤다는 이야기를 듣고, 나는 깊은 후회감에 빠졌다. 차라리 처음부터 신천지인 것을 알리고 전도했어야 했다는 생각이 들었다. 이제 더 이상 동규와 친구로 남지 못할 것 같다는 슬픈 예감이 들었다.

전달된 메시지
보냄
식구자매가 지금 펭귄마을에 놀러갔는데
옆에서 모르는사람이 개종관련이야기를
하고있었다합니다.

초록색 옷입은아주머니인데
딸이 신천지에빠졌다 라던가 안산 이야기가
오고갔다고해요.

🔥관련자 파악부탁드립니다. 오전 10:53

전달된 메시지
보냄
❗관련자 찾아주세요

지금 교회앞에 계시는데 여기
신천지교회맞냐고 하시면서 딸을 만나러
왔는데 못만났다고 합니다 오전 12:42

☝해당하는분은 저에게 갠텔주세요~ 오전 12:42

❗관련자 파악부탁드립니다

9월 5일 목요일 여수지역 식당에서
우리 청년어머니가 목사와 전도사와
개종이야기를 하는걸 우리 집사님이 듣고
사진찍어주었습니다.

위 사진속의 어머니를 둔 청년 파악해주시면
됩니다. 오후 4:08

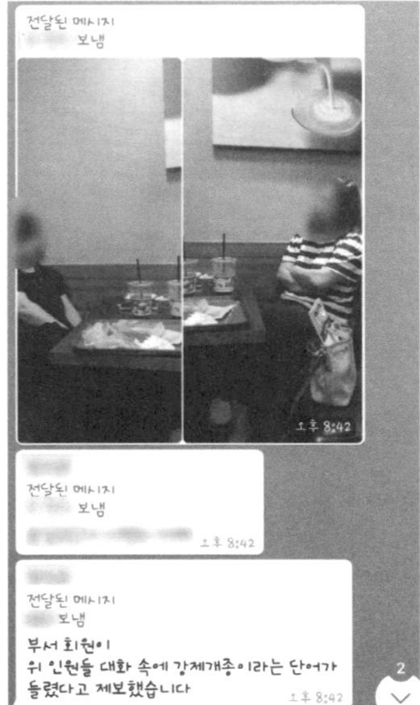

수시확인 광고방
전달된 메시지
보냄
오후 9:51
전달된 메시지
보냄
9시경 시내 학원가 카페에서 아저씨 두분이서
내 자식이 그랬으면 나는 집 번호바꾸고
연끊을거라고 하니깐 그 앞에 계신분이 그렇게
안해봤겠냐고 그렇게도 해봤는데 그래도
집에오겠다고 계속 온다고 했어요. 자식인데
어떻게 그러냐고 종교가 나쁘다 신천지 등 개종
등 이야기가 나왔습니다.
관련자 있으신분 파악 부탁드립니다.
오후 9:51
아시는분 있다면 갠텔부탁드립니다
수정됨 오후 9:52

전달된 메시지
보냄
오후 10:14
전달된 메시지
보냄
❗ 관련자 찾아주세요
일시: 9월2일 저녁8시
장소:
내용: 왼쪽 여자분이 오른쪽 여자분(우리식구
어머니로 추정)에게 강제개종설득중임
오후 10:14

05 막는 자와 떠나는 자

동규

2016년 4월 18일 월요일, 나는 이날도 센터에 나갔다. 이미 3개월이 넘는 시간을 보냈기 때문에, 바로 그만두지 못했다. 전날 형민도, A도, B도, 신천지 교인이라는 사실을 파악했지만 여전히 믿기지 않았다. 아니, 믿고 싶지 않았을 것이다. 나는 차라리 스스로를 속이고 싶었다. 그러나 수업을 들었지만, 단 한마디도 귀에 들어오지 않았다. 수업 도중 B가 손편지를 건넸지만, 노골적으로 무시했다. 수업이 끝나고 형민과 단둘이 이야기했다. 나는 형민에게 어제 있었던 일을 사실대로 이야기했다. 형민은 "이럴까 봐 미리 알려주지 않았다"고 짧게 대답하고는 "말씀을 분별해보고 스스로 판단해보면 좋겠다"고 했다. 그는 "여기가 신천지가 맞다"는 말은 하지 않았다. 나는 형민과 함께했던 지난 시간들을 돌아봤다. 그와의 관계를 차마 이 자리에서 끝낼 수 없었다. 나는 우선 센터 과정을 더 들어보겠다고 대답했다.

2016년 4월 19일, 그들은 이미 내가 진실을 알아버렸다는 것을 인지하고 있었다. 센터에 가니, 그동안 만나지 못했던 A가 와있었다. 그는 "요새 센터 잘 다니고 있지?"라는 뻔한 말을 건넸다. 모임방에 들어가 그와 단둘이 이야기를 했다. 나는 바로 "여기가 신천지가 맞냐?"고 물었다. 여전히 확답을 듣지 못했기 때문이다. A는 대답하지 않았다. 그는 잠시 머뭇거린 후, 성경에 손을 올렸다. "동규야 이 말씀이 맞는지 틀린지가 중요한 거 아니니?" 그의 대답이었다. 그때부터 긴 시간 그와 논쟁을 했다. 다른 수강생들에게 이 소리가 들릴 것을 우려한 전도사에 의해 우리는 카페로 자리를 옮겼다. 카페에서도 나는 "아니 그게 아니고 우선 여기가 신천지인지 아닌지 말하라"라는 식으로 말하며 목소리를 높여갔다. 그의 태도에 참아왔던 분노가 터져 나왔다. 그가 다시 입을 열었지만, 나는 그의 말을 끊고 "아니 그게 아니라 여기가 신천지인지 아닌지 말하라고"라고 소리쳤다. 그의 표정이 일그러졌다. 나는 쉴 새 없이 그 말을 반복했다. 나는 같은 말을 10번 이상 반복했고, 점차 목소리를 높였다. 마지막에는 거의 소리를 지르고 있었다. 당황한 그는 결국 "여기가 신천지가 맞다"고 털어놓았다. 겨우 얻어낸 답변이었다. 허탈했다.

그는 "교리를 들어보고 분별해보라"고 이야기했지만, 나는 이루 말로 표현할 수 없는 분노를 느꼈다. 나는 우선 A와 함께 센터로 돌아왔다. 센터에 가방을 두고 왔기 때문이었다. 전도사가 이야기를 나누자고 했다. 그는 "동규가 체했구나. 우리도 이럴까 봐 사실대로 말을 못하고 있는 거야"라고 이야기했다. 적당한 대답을 남기고, 나는 그 자리를 떠났다. 더 이상 대화를 이어나갈 기력이 남아있지 않았다. 쉬고 싶었다. 나는 그날 이후 더 이상 센터에 나가지 않았다.

형민

4월 18일, 동규와 이야기를 나눴다. 동규는 섣부른 판단이었다며 공부를 계속 진행하겠다고 했다. 모두 동규가 그만둘 것이라 예감하고 대처 방안을 생각하고 있었던 터라, 의아하게 느껴졌다. 4월 19일, 센터에서 동규와 A가 이곳이 신천지인가, 아닌가를 놓고 싸우기 시작했다. 두 사람은 센터 근처 카페로 자리를 옮겼다. 1시간 후, 돌아온 A는 허탈하게 웃으며 끝까지 숨기려고 했지만, 너무 집요하게 물어봐서 신천지라는 사실을 이야기할 수밖에 없었다고 했다. 전도사는 동규를 붙잡고, 3층에 위치한 모임방에서 신천지라는 사실을 숨겨온 이유에 대해 장황하게 설명했다. 비겁한 변명이었다. 두 사람의 대화가 끝났다는 연락을 받고서야, 나는 동규를 만나기 위해 3층으로 올라갈 수 있었다. 무슨 말을 해야 할까, 손이 떨렸고 머리가 멍했다. 나 역시 이곳이 신천지라는 사실을 알고 배신감에 휩싸였던 적이 있었다. 한동안 그들과 말도 섞지 않았다. 그때를 생각해보니, 동규가 욕설을 하고 의자를 집어 던져도 이상하지 않을 것 같았다.

동규는 허탈한 웃음을 지으며 아무렇지 않은 척했다. 물론 절대 아무렇지 않을 리는 없었다. 전도사는 동규에게 "지금까지 들은 말씀이 있으니 포기하지 말라"고 했다. 그것은 영혼의 생사를 인질로 하는 편협한 저주였다. 그들이 조립한 '신'은 센터 과정에서 이탈한 사람들을 저주했다. 전도사는 동규에게 설득을 빙자한 협박을 했다. 그날부터 동규는 센터에 나오지 않았다. 전도사와 섬김이는 동규 같은 사람에게는 말씀이 아깝다고 했다. 네 친구는 왜 저 모양이냐고 말하기도 했다. 누군가의 소중한 친구에게 그렇게 말하는 것을 보며, 이들에게 영혼을 사랑하는 마음이 없다고 생각했다. 이들은 충격적인 배신감을 안겨주고도 일말의 죄의식도 느끼지 않았다. 나와 A는 그저 기도하며 기다렸다.

동규

2016년 5월 13일, 형민이 만나서 이야기를 하자고 했다. 약속 장소는 광주 시내에 위치한 카페였다. 약속 장소에 거의 다 도착했는데, 특이한 복장을 한 중년 여성이 다가왔다. 처음 보는 사람이었다. 그는 갑자기 말문을 열었다. "너 말씀 배우려다가 돌아섰지? 그러면 나중에 정말 큰 일 나는 수가 있어. 네 부모님이 돌아가실 수도 있을 것 같네." 그 이야기를 하고, 그는 유유히 인파 속으로 사라졌다. 나는 형민을 만나서 나지막이 물었다. "형민아 네가 한 거 아니지?" 형민은 태연한 눈빛을 한 채 "무슨 소리야?" 되물었다. 우리는 그 이야기는 접어 둔 채 다른 이야기를 나누기 시작했다. 나중에 알고 보니, 그것은 '은사치기'라고 불리는 신천지 전도수법이었다.

형민

며칠 후, 전도사가 네 친구 지옥에 가도록 내버려둘 생각이냐며 은사를 치자고 했다. 전도사는 아는 부녀부 집사 중에 은사를 전문적으로 치는 사람이 있다고 했다. 전도사는 은사를 쳐서라도 동규의 영혼을 살려야 한다며, 정해진 시간과 장소에 동규를 불러내라고 명령했다. 영혼을 살리기 위한 행동은 과연 어디까지 허용될 수 있는가. 나는 고민했다. 그러나 시간은 촉박했고, 나에게는 선택의 여지가 없었다. 결국 은사는 실행되었으나, 실패로 돌아갔다. 나는 "네가 한 거 아니지?"라는 동규의 물음에 당혹감을 느꼈고, 아무것도 모르는 척 행동했다.

06 우정의 갈림길

동규

그날 이후 한동안 형민을 만나지 않았다. 그러나 우리는 얼마 안 가 그 이야기를 묻어둔 채 다시 평범한 친구 사이로 지냈다. 나는 인생에 있어 결코 짧지 않은 시간인 3개월을 잃었지만, 형민은 나에게 그것보다 소중한 친구였다. 나는 그곳에서 빠져나온 후 기독교 세계관에 대해 공부했다. 평소 알고 지내던 전남대 철학과 활동가를 만나서 많은 도움을 받기도 했다. 그는 "어떻게 그렇게 속았냐"며 비웃기도 했지만, 기독교 세계관에 대한 중요한 이야기들을 해주었다. 결론적으로, 기독교는 신천지가 생각하는 것과는 완전히 다른 종교라는 사실을 알게 되었다.

신천지는 '개역한글' 성경을 기준으로 한 '비유풀이'를 주요 교리로 내세운다. 공식처럼 특정 성경 구절들이 연결되며, 여기에 감추어진 내용이 있다고 주장하는 것이다. 그러나 성경에 비유가 있는 것은 사실이지만, 신천지가 공식처럼 풀이한 성경 구절들은 짜 맞추기에 불과했다. 실제 그들이 짜 맞춘 성경 구절에는 언급되어 있지 않은 역사적 맥락을 살펴보니, 전혀 문맥에 맞지 않는다는 사실을 쉽게 찾아낼 수 있었다. 애초에 신천지가 고집하는 개역한글 성경은 중문으로 번역된 성경을 한글로 이중 번역한 것으로, '중역'하는 과정에서 번역상 오류나 일부 변문이 존재한다. 이것은 성경을 읽어나가는 데는 소소한 문제이지만, 특정 '단어'를 매개로 비유를 이어나가는 데 있어서는 상당히 결정적인 문제다. 히브리어 원문을 기준으로 일부 번역상 문제를 바로 잡을 경우, 신천지식 논리가 무너지는 경우가 많이 발견된다. 물론 이것으로 그들이 오랜 세월에 걸쳐 집대성해둔 '비유풀이' 교리를 모두 반박하려면 다년간의 연구가 필요할 것이다.

신천지에는 이보다 더 근본적인 오류가 있다. 신천지는 교주 이만희가 '보혜사'로서 천국 말씀의 비밀을 풀어냈다고 주장한다. 이들은 보혜사(保惠師)를 '은혜로 보살펴주는 스승'으로 해석하고 있다. 한자를 토대로 해석한 결과다. 그러나 '보혜사'는 헬라어 '파라클레이토스'의 음역으로, 프랑스를 불란서로 적은 것과 같은 번역이다. '파라클레이토스'는 그리스식 변호인을 의미하기 때문에, '보혜사'는 성경 문맥상 중재자, 변호사, 대변자 등으로 해석되어야 한다. 따라서, 보혜사는 죄인인 인간을 하나님 앞에서 변호하는 역할일 뿐, 하나님께 '천국 말씀의 비밀'을 받아 인간에게 전하는 역할이 전혀 아니다. 애초에 화살표의 방향이 다르다.

형민이 신천지라는 사실을 알게 된 후에 언젠가, 그의 생각도 변할 것이라 생각하고 더 이상 묻지 않았다. 그러나 이만희는 우리와 똑같은 인간이다. 나도, 형민도, 이만희도 언젠가 죽음을 맞이할 수밖에 없는 평범한 인간이다. 혹 신천지 신도로서 여전히 '저 사람이 혹시 만국을 다스리게 되지는 않을까' 하는 불안감에 신천지를 빠져나오지 못하고 있는 사람이 있을 수 있다. 그런 분들을 위해 성경이 2천년 전에 해법을 제시해 두었다. 요 20:27에 따르면. 옛 기독교인들은 예수의 못 박힌 상처에 손가락을 넣어 보고서야 그의 부활을 믿었다. 성경 말씀이 진리라면 이만희 교주는 영생한다고 믿는다면, 성경에 따라 직접 확인해보면 된다. 차마 글로 적지는 못하겠는데, 보통 사람이라면 죽음에 이르는 상황에서 그가 죽지 않는다면? 그는 '실상'이 맞다. 다만 반대의 경우에는 감옥에 갈 수 있으니, 주의해야 한다.

신천지에서의 경험 덕에, 나는 기독교에 대한 나름의 정확한 인식을 가지게 되었다. 성경에 따르면, 예수는 기적을 행하고도, 그것을 목격한 사람에게 "기적을 보았다는 것을 다른 사람들에게 이야기하지 말라"고 말했다고 한다. 그럼에도 우리는 오병이어의 기적을 비롯하여 예수가 행했다는 기적 이야기를 익히 들어왔다. 그러나 예수가 행한 실질적인 기적은 그런 것들이 아니었다. 타인을 위해 십자가에 못 박힌 것, 그것이 예수가 행한 진정한 기적이었다. 예수의 '사랑'이라는 기적이 있었기에, 구약의 민족 신은 신약의 보편 신으로 거듭날 수 있었다. 예수의 사랑으로써 구원이 이루어졌다는 복된 말, '복음'을 땅끝까지 전하라, 이것이 기독교 세계관이다.

지난 2천년 간, 성경을 놓고, '신'의 뜻을 명확하게 이해했다는 사람은 어느 시대에나 등장했다. 초기 교회에서 삼위일체론을 확립한 아우구스티누스 시절부터 이들은 경계의 대상이었다. 신천지는 이만희 교주가 천국 말씀의 비밀을 계시받았으며, 이 말씀을 열심히 공부하여 '인 맞음'(도장 찍힌)에 이른 14만4천 명이 왕 같은 제사장으로 육체영생을 누린다고 주장한다. 그러나 자신이 '신'의 뜻을 완벽하게 이해한 인간이라는 것은, 곧 본인이 사이비 교주라는 말과 다르지 않다. 인식론적으로, 신의 뜻은 이해의 대상이 아니라, 믿음과 신앙의 대상이다. 신천지는 고전적으로 말하면 '영지주의'(Gnosticism)로 분류되는 전형적인 사이비 교단이다. 물론 이것은 철저히 기독교적 시각에서의 비판이다. 그러나, '신천지예수교'를 공언한다면 피할 수 없는 비판이기도 하다.

2017년 초, 나는 신천지에서 겪었던 일들에 대해 기록하기 시작했다. 기억의 저편에 은폐해둔 아픈 시절이었기 때문에, 제대로 마주하기 위해서는 시간이 필요했다. 1년이 지난 시점에서, 나는 내가 신천지에서 생각보다 긴 시간을 보냈다는 사실에 놀라움을 느꼈다. 며칠 간의 기록이 끝난 후, 나는 그중 일부를 페이스북에 포스팅했다. 얼마 안 가 형민에게서 연락이 왔다. 그는 다시는 만나지 말자며 절교를 선언했고, 그 이유를 묻자, 이렇게 답했다.

"네가 별생각 없이 일기처럼 쓴 그 글이 말이야. 만약 신천지가 천국이었다면, 만약 네 글을 보고 성경 배우는 걸 포기한 사람이 생겼다면, 넌 그 사람들 몫까지 책임지는 거야. 그것만 명심해. 네 글로 인해 천국과 지옥이 갈려버린 사람들은 네 책임이라는 거 알아둬. 나중에 가면 알겠지."

형민

2017년 초, 갑자기 사방에서 연락이 오기 시작했다. 동규가 페이스북에 쓴 글 때문이었다. 신천지 윗선에서 동규가 페이스북에 쓴 글을 보내주며, 네가 전도하다가 실패했고, 네 친구니까 어떻게든 말리라고 지시했다. 골치가 아팠다. 동규가 어떻게든 글을 쓰지 못하도록 해야 했다. 최대한 동규가 두려움을 느낄만한 말을 생각했다. 그러나 천국과 지옥이라는 이분법 외에는 이렇다 할 말이 떠오르지 않았다. 나는 신천지의 홍위병이었다.

동규

형민은 '나중에 가면 알 것'이라 했다. 4년이 지난 지금, 형민은 실제로 알아버리긴 했다. 신천지가 틀렸다는 사실을 말이다. 지금, 형민은 이 카톡을 보며 이불을 차고 있고, 나와 함께 신천지의 실체에 대한 글을 쓰고 있다. 인간의 생각은 변할 수 있는 것이고, 사람은 언제나 더 나은 방향을 지향할 수 있다. 2020년 3월, 형민은 한때 자신이 전도했던 사람에게 연락해서 미안하다고 사과했다. 그 사람 역시 이미 신천지를 그만둔 상태였다. 그는 흔쾌히 사과를 받아주었다. 나도 형민에게 사과를 받았다.

인간은 대체 어디까지 변모할 수 있는가. 나와 형민은 NL과 신천지에서 활동하며, 집단에 의해 개인이 변화해가는 모습을 피부로 실감했다. '나치'는 정녕 어디에서나 반복될 수 있는 일이었다. 그러나, 그렇기 때문에 우리는 '인간의 변화를 신뢰해야 한다는 것'을 기억해야 한다. 이것이 내가 내린 결론이다.

제3장

광야에 홀로서기

01 몰려오는 회의감

동규에 대한 전도에 실패한 직후부터 짙은 회의감이 가슴을 답답하게 했다. 나는 둘도 없는 친구에게 가장 소중하다고 믿는 것을 주고 싶었다. 그러나 정작 내가 그에게 선사한 것은 배신감이었다. 그날 이후 나는 신천지의 홍위병을 그만두고, 단순한 구경꾼이 되었다. 나는 다른 사람들이 왜 신천지에 남아있는지 궁금했다. 사람들을 만나서 '육체영생'과 '14만4천 제사장'을 믿느냐고 물었다. 대화해보니, 순수하게 영생을 믿고 있는 사람은 생각보다 많지 않았다. 다들 각자의 이유로 신천지에 남아있었다. 신천지 신도인 부모님 때문에, 여기서 나가면 지옥에 간다고 하니까, 소중한 사람이 자신을 전도했기 때문에, 신천지를 이탈해도 스스로의 삶이 크게 달라지지 않을 것 같아서 등 다양한 이유로 그들의 영혼은 신천지에 속박되어 있었다.

이만희 총회장이 금주령을 내린 적이 있다. 부장들은 금주령이 떨어졌으니 조용한 곳에서 술을 마시자고 했다. 다들 안 걸리면 그만이라는 생각으로 술을 마셨다. 신천지 베드로지성전 3층과 4층에는 각각 6천

명이 한번에 예배를 볼 수 있는 예배당이 있다. 수요일과 일요일이면 2만 명이 각자의 시간대에 맞춰 예배에 참석한다. 신천지에서는 연애 관계를 윗선에 보고해야 한다. 보고하지 않고 연애를 하다가 발각되면, A와 B가 연애를 하고 있다는 공지를 예배당에 있는 스크린에 띄웠다. 물론 어느 정도 직책이 있는 사역자들에게 해당하는 일이다. 나와 같은 부서에서 활동하던 모 교관이 회원과의 연애를 보고하지 않아 곤욕을 치른 적이 있었다. 얼마 후, 그는 팀장 C가 연애를 하고 있다는 사실을 파악했다. 해당 교관은 C를 불러놓고, "지금은 연애할 때가 아니라 마지막 때"라며 30분 동안 훈계했다. 이 모습을 본 나는, "교관님도 연애하다가 걸리지 않았아요?"라고 말할 경우 펼쳐질 상황을 상상해봤다.

신천지는 유대인이 십계명에서 쓸데없는 율법을 파생시켰다고 교육한다. 그러나 신천지의 내부 규정은 쓸데없음을 넘어 근대성을 갖추지 못한 미개한 것들이었다. 사상과 믿음을 체화한 인간들은 살인적인 일정도 거뜬히 소화했다. 오전 6시에 출석해서 교육, 센터, 모임, 활동으로 가득한 하루를 마치면 자정을 넘긴 시간이 되었다. 주말에는 전도행사, 구역예배, 각종 모임이 진행되었다. 예배 때 들은 내용을 청년회 모임에서 말하고, 부서모임과 구역모임에서 반복했다. 신천지 신입 신도들은 열성적인 활동을 전개했다. 그들은 첫 버스를 타고 나와 마지막 버스를 타고 집에 들어갔다. 폭염주의보, 폭설주의보가 내려도 그들은 여전히 혹사당했다. 이들 다수는 조금씩 열정을 잃어갔고, 2년 정도 시간이 흐르면 평범한 회원이 되었다. 신천지는 2년짜리 부품을 미친 듯이 굴렸고, 마모된 부품은 새것으로 교체했다. 신입 신도는 3년이 지나면 입교를 후회하며 탈퇴하거나, 보상을 받기 위해서 내부에 남아 관망했다. 신천지는 구원 자격을 갖추어도 애매모호한 기준으로 남은 이들을 학대했다.

신천지에서 온 가족이 함께 신앙을 하는 모습을 본 적이 있다. 어머니가 아버지를 속여서 전도했고, 아들 둘도 같은 방법으로 전도했다. 이들 가족은 명예와 재산을 냉소적으로 여기라고 가르치는 신천지 습성 탓에 교회 내부에서 직책을 맡고 활동하고 싶어 했다. 모든 인간관계가 신천지에 있는 사람에게 신천지 내부 직책은 사회적 명예와 다르지 않다. 그러나 누군가는 돈을 벌어야 했다. 가족들은 이를 이유로 자주 싸웠다. 모두가 사역자를 맡고 싶어 했다. 신천지에서 신앙심과 믿음은 자존감의 표현이었다. 이들 가족은 같은 마을 사람들을 거짓말로 전도했고, 온 마을에서 비난에 직면했다. 그러나 그럴수록 하나님의 일을 하기 때문에 박해에 직면하는 것으로 여기고, 자신을 속이며 더 신천지에 깊게 파고들었다.

나는 신천지에서 센터 강사를 아버지로 둔 청년을 만났다. 나는 그에게 가족에 대한 질문을 했다. 그는 아버지와 대화를 나눈 기억이 없다고 했다. 그의 아버지는 집에서도 성경책과 노트를 펴놓고 새벽까지 공부를 했다. 어머니가 직장생활을 통해 가족을 부양했다. 그는 아버지와 특별한 유대관계를 가지고 있지 않았다. 신천지 신도들은 '누구 강사님 아들'이라는 이유로 그를 잘 대해주었으며, 막연한 기대감을 표출하기도 했다. 그의 아버지가 신천지 초창기부터 활동하던 실력 있는 강사였기 때문이다. 그러나 몇 년 전, 해당 강사는 질병으로 인해 세상을 떠났다. 강사로만 활동하다 보니, 모아둔 돈이 없어서 적절한 시기에 치료를 받지 못했다고 한다. 신천지 강사로서 활동했던 것과 별개로 죽음 그 자체는 안타까운 일이다. 그의 장례식에는 많은 청년 봉사자들이 함께했음은 물론이고, 전국에서 많은 사람들이 방문했다.

신천지에는 청소년 신도들도 많다. 이들은 '학생부'로 분류되었다. 이들 대부분은 부모의 강권으로 신천지 신도가 되었다. 부모에게 경제적으로 종속된 입장이기 때문에, 사실상 스스로의 선택으로 보기 어려웠다. 이들은 종교의 자유를 침해당하고 있었다. 부모로 인해 신천지에 온 사람들은 신앙심이 전혀 없었다. 그들은 신천지 학생부에서 연애에 집중했다. 그나마 나쁘지 않은 일이다. 학생부는 센터가 신천지라는 사실을 인지한 상태에서 교육을 받기 때문에, 정신적 충격에 빠지는 경우는 많지 않다. 그러나 간혹 자식을 속이는 부모도 존재했다. 센터 전도사들은 학생부 청소년들을 골칫거리로 생각했다. 부모들은 신천지 교리에 매몰되어 "자녀의 영혼을 살리겠다"는 의도로 자녀를 신천지에 보냈지만, 전도사들은 청소년들을 떠맡았다고 여겼다.

일반 교인들 입장에서 학생부 전도는 구미가 당기는 제안이었다. 인도자 혹은 섬김이로 전도에 참여하면 0.5점을 받는다. 따라서 탈락할 가능성이 낮은 학생부 청소년에 대한 '섬김이' 역할은 마음 편히 점수를 딸 수 있는 일이었다. 굳이 속일 필요가 없었기 때문에 죄의식에서도 자유로웠다. 학생부 섬김이들은 적당히 간식을 챙겨주며 청소년들의 옆을 지켰다. 신천지 간부들은 학생부를 '관리대상'으로 여겼다. 자아가 남아있는 구성원들이 많았기 때문이다. 신천지는 구원을 인질로 잡고 사람 장사를 강요하는 곳이다. 간부들은 자아를 상실한 조직의 꼭두각시에 불과했다. 꼭두각시들이 주인의 권세를 이용하여 자아가 남아있는 사람들을 '관리대상'으로 규정하고 정죄했다.

나는 찬양대에서 활동하며 장년부 집사들을 만나기도 했다. 장년부는 35세에서 65세 사이에 해당하는 남성들이 모여 있는 부서다. 이들은 적당히 조직과 타협하는 방법을 알고 있는 사람들이었다. 지재섭 베드로지파장이 예배 도중 "장년부가 문제야, 장년부는 말도 안 듣고 일도 안 해"라고 화를 낼 정도였다. 이제는 지파장도 어느 정도 체념에 이르렀다. 어떤 장년부 집사는 센터에 잎사귀로 투입되었으나, 시키는 대로 연기하지 않았다. 그는 수강생에게 강사처럼 교리를 설명했다. 전도사가 주의를 주었으나, 건성으로 알겠다고 대답하고 같은 행동을 반복했다. 수강생이 당신은 처음 배우는 것이 아닌 것 같다고 이야기할 정도였다. 상식을 벗어나 있는 사이비 종교 신천지마저, 대한민국 중년 남성의 고집은 꺾지 못했다.

신천지에는 다양한 사람들이 있다. 그러나 신천지 20만 교인들은 '거짓말'로 전도하는 것에 문제의식을 느끼지 않는다. 애초에 그것에 동의하는 사람들이 모여 있는 집단이기 때문이다. 신천지는 협력하여 선을 이루라는 성경 구절을 '수강생을 완벽하게 속이라'는 말로 해석한다. 신천지는 '인 맞은 14만 4천명'이 천국 제사장이 된다고 가르친다. 여기에 등장하는 '인 맞은'의 애매모호한 기준이 교인들을 미치게 했다. 신천지는 12지파에 각각 1만2천 명이 합류해야 한다고 주장한다. 이미 전체 교인 수는 20만명을 넘겼지만, 신천지는 1만2천 명을 채우지 못한 지파들을 통폐합하지 않고, 여지로 남겨두고 있다. 전도 기준도 마찬가지다. 신천지는 센터 입교 기준을 자주 바꾼다. 특정 기준 때문에 센터 입교 여부가 갈리는 사람들이 많다. 누군가는 센터에 다닐 시간이 없는 사람이라며 탈락 처리되었고, 누군가는 영상 교육으로 센터 교육을 갈음했다. 부유한 사람에게는 강사가 직접 찾아가서 1:1로 강의를 해주기도 했다. 신천지는 기준이 높아지면 천국 가는 길은 좁다고 가르쳤고, 기준이 낮아지면, 생명수는 값없이 주어야 한다고 가르쳤다.

사람들은 나름의 불만을 가지고 있으나, 조직 특성상 처벌이 두려워 불만을 제기하지는 않는다. 피라미드 하층부를 지탱하는 교인들에게는 자신의 거짓된 일상과 신천지 교인으로서 경험하게 되는 사회적 낙인효과에 대한 보상이 필요했다. 신천지에 구원이 없다면, 이들의 삶은 지옥으로 변한다. 신천지에서 생활한 만큼의 인생이 부정당하기 때문이다. 신천지는 마치 도박과 같다. 지금까지 잃어버린 돈이 아깝기 때문에, 더 큰돈을 걸고 도박을 지속한다. 스스로 신천지에서 빠져나오는 일은 결코 쉬운 일이 아니다.

02 군대에 가다

2017년 5월 24일, 아침에 일어나니 병무청에서 문자가 와있었다. 멍하니 문자를 읽고 탄식을 내뱉은 후 휴대폰을 끄고 다시 침대에 누웠다. 7월 3일에 입영하라는 문자였다. 나는 군에 입대했다. 나는 훈련소에서도 다른 사람들을 관찰하는 것을 즐겼다. 훈련병들은 유난히 편지에 집착했고, 그것에 큰 가치를 부여했다. 편지는 외부와의 소통이 차단된 환경 속에서 스스로의 존재감을 증명할 수 있는 효과적인 수단이었다. 인간은 본능적으로 타인에게 스스로의 존재를 확인받고 싶어 했다. 훈련병들은 편지를 애타게 기다렸다. 군에 입대하기 직전, 신천지는 "군대를 미루고 1년만 더 활동해보자"고 했다. 나는 이 말을 무시하고 군에 입대했다. 군인이 되니, 신천지 교인을 만나거나, 신천지 교육을 받을 일이 더 이상 없었다. 나는 홀로 신앙하며 쓴 일기를 읽으며, 스스로에 대한 괴리감을 느끼기 시작했다. 그 시절의 일기를 읽으니, 헛웃음이 나왔다. 요새는 그 시절의 일기를 읽으며, 열심히 살아야겠다는 생각을 한다. 나는 군대에서 신천지에 대한 객관적인 정보를 찾아보며, 신천지에서 보낸 시간을 후회했다. 신천지 신도들과 점차 연락을 끊었다.

얼마 후, 신병휴가를 나왔다. 나는 휴가 기간에 사람들을 만나야 한다는 의무감에 약속을 많이 잡았다. 휴가에 나가니, 신천지에서 군 입대자 관리를 위해서 국방부라는 부서를 새롭게 편성했다는 연락이 왔다. 나를 담당했던 사람은 그야말로 어리석기 짝이 없는 인물이었다. 나는 그에게 부서 이름을 꼭 그렇게 지었어야 했냐고 핀잔을 주었다. 구역모임에 잠시 들렀더니, 신천지에 입교한 지 얼마 안 된 신도가 팀장을 맡고 있었다. 휴가를 나왔다는 내 말을 들은 그는, "군대에서도 정신 차리고 신앙생활 하셔야 해요. 지금 마지막 때가 다가오고 있습니다"라고 나를 훈계했다. 황당했지만, 과거의 나를 보는 것 같았다. 나는 친하게 지내던 청년부 연장자에게 이 이야기를 하고, "나도 혹시 이런 모습이었냐"고 물었다. 그는 "나한테 신앙 제대로 하라고 말한 걸 벌써 잊었냐"며 웃었다. 이후에도 부대에 자주 편지가 왔다. 그러나 군 입대자 섬김이가 할당량을 채우기 위해 작성한 편지에는 일말의 감동도 없었다. 가끔 면회를 오는 신천지 신도도 있었는데, 그들은 토요일에 쉴 수 있다며 좋아했다.

얼마 후 또 휴가를 나왔다. 동규를 만나기로 했다. 동규에게 올 때 술을 사 오라고 연락했다. 동규는 답장으로 웃음을 보냈다. 나는 "쳐웃지 말고 술이나 사오라"고 말했다. 우리 사이에서 흔히 하는 농담이었다. 잠시 후 중대 하사에게 전화가 왔다. 캡처한 사진을 확인하라는 내용이었다. 알고 보니, 내가 중대 모 중사에게 "쳐 웃지 말고 술이나 사오라"고 연락한 내용이었다. 나는 실수로 중대 모 중사를 '김동규'로 저장해두었다. 물론 별일이 있지는 않았다. 동규를 만나 이런 이야기를 하며 한참 웃고 떠들고 나니, 부대에 복귀할 시간이 다가왔다. 동규와 인사를 나누고 헤어졌다.

부대에 복귀하는 길에 마음 아픈 소식을 전해 들었다. 함께 찬양대에서 활동했던 친한 형이 세상을 떠났다는 소식이었다. 그는 위암 말기였다. 그러나 주변 사람들에게는 이 사실을 끝까지 숨겼다. 그의 메말라가는 모습을 보고, 내가 괜찮냐고 물었던 적이 있었다. 그는 다이어트 중이라고 했다. 복귀하던 길이라 장례식에 가지는 못했지만 마음이 복잡해졌다. 영생을 소망하던 사람이 위암으로 세상을 떠났다니, 어떤 심정이었을까. 그가 죽은 뒤에도 행복할 것인지 생각해봤다. 슬픈 마음이 들었다.

2018년 12월, 신천지 신도에게 전도하지 못한 사람에게 벌금 100만원을 내라는 지시가 내려와서 돈을 모으고 있다는 이야기를 들었다. 충격이었다. 처음에는 강사들이 "100만 원을 내라는 게 아니라 그만큼 열심히 일하라는 이야기입니다"라고 무마했으나, 실제로 1인당 100만원을 납부하라는 공문이 내려왔다. 인터넷에서 관련 내용을 찾아보니, 한때 신천지 2인자로 불렸던 김남희가 조직을 이탈했고, 이로 인해 신천지 지도부에서 김남희와 공동으로 소유하고 있던 건물을 매입하기 위해 100만원을 납부하라는 지시를 하달한 것으로 보였다. 주변에 물어보니, 실제로 5개월 할부로 100만원을 납부하고 있는 사람이 있었다. 벌금을 피하려고 거짓 보고서를 작성하여 제출한 사람도 있었다. 신천지는 이렇게 모인 벌금을 전도를 가장 많이 한 사람에게 상금으로 주겠다고 했다. 1등은 이만희 총회장이었다.

말년 휴가 때는 길에서 아는 교인을 만났다. 그는 담배를 피우다가 걸려서, 부서에서 징계를 받았다고 했다. 그의 말을 들으니, 황당함에 동공이 떨려왔다. 그에게 "담배를 피우면 근신을 주는 기준은 누가 만든 것이냐"고 반문했다. 물론 더 이상 대화하고 싶지도 않았다. 그는 늦게 일어나서 택시를 타고 예배에 나온 날에, "사탄이 방해하는 것 같다"고 이야기하기도 했다. 말년 휴가를 마치고 복귀했다. 며칠 뒤 신천지 신도가 소대 후임으로 들어왔다. "어 왜 여기 있어?"라고 말을 걸자, "오 형민아, 너 여기 있었구나"라는 답변을 들었다. 다음 날 그를 다시 만났다. 그는 갑자기 '박형민 병장님'이라는 존칭을 사용했다. 편하게 하라고 하자, "이등병이 병장이랑 말 놓으니까 편하냐"며 동기들에게 욕을 먹었다고 했다. 나는 안쓰러운 마음에 남은 군용품들을 그에게 주었다.

그즈음, 나의 군 생활도 끝이 보이기 시작했다. 나는 50일가량의 휴가를 악착같이 모았고, 전역하기 3개월 전부터는 대부분의 시간들을 바깥에서 보냈다. 미래에 대한 고민이 가득했다.

03

신천지와 싸우다

2019년 4월, 나는 신천지로 복귀했다. 예배에 참석하니, 이만희 총회장이 설교를 하고 있었다. 그는 똑같은 소리를 반복하며 화를 냈다. 지난 2년간, 그에게서 그 어떤 발전도 없었다는 생각이 들었다. 신도들도 마찬가지였다. 내가 군에 입대하기 직전까지, 신천지는 예배 참석 유무를 지문인식을 통해 확인해왔다. 신도들의 출석률이 자동으로 전산망을 통해 계산되었다. 강사들은 출석률이 매번 99%에 달한다고 자랑했다. 그러나 내가 제대한 시점에서는 예배 인증만 하고 바로 귀가하는 사람들이 많아졌다는 이유로 예배가 끝나고 스크린에 띄워주는 QR코드로 출석 여부를 인증하는 시스템이 도입되어 있었다. 결정의 시기가 다가왔다. 나의 삶을 살 것인지, 신천지의 노예가 될 것인지를 놓고 결단을 내려야 했다. 이곳에서 보낸 시간과 이곳에서 가까워진 사람들 때문에, 아쉬움이 있었지만, 신천지에 남고 싶지는 않았다.

4월 초, 예배 인증을 마치고 나오는 길에 국방부 부장을 만났다. 그는 신문에 신천지 광고가 실렸다고 자랑했다. 돈을 지불하기만 하면 광고를 실어주는 데, 그것을 대단한 일로 여기고 자랑하는 게 우스웠다. 나는 그에게 이번 연도에 역사가 이루어질 것 같냐고 물었다. 그는 "그건 알 수 없지만 구원을 소망하고 열심히 할 것이다. 올해도 열심히 해보자"고 답변했다. 2020년 현재, 그는 어떻게 살고 있을까? 그를 만난 이후로 예배에 나가지 않았다. 그러자 5명에게서 연락이 왔다. 전화, 문자, 텔레그램, 카카오톡, 페이스북 메신저까지 어떤 앱을 열어도 연락이 와 있었다. 구역장에게 알아서 갈 것이니 차단하기 전에 연락하지 못하게 하라고 말했다.

나는 사명자들이 나를 어떤 심정으로 바라보고 있을까 생각해봤다. 그들에게 나는 관리와 도움이 필요한 불쌍한 존재이자 미혹된 영혼, 믿음이 부족해서 나약해진 사람이었을 것이다. 본인들의 열등감을 감추기 위해 비틀린 우월의식을 내면화한 결과 도출된 가증스러운 동정심에 혐오감을 느꼈다. 나 역시 한동안 그런 상태였다는 것에 화가 났다. 신천지는 모든 불복종을 '귀신의 영'에 의한 것이라 가르쳤다. 그러나 나는 자아를 되찾은 상태였다. 그것은 헛소리였다. 신천지 교인들의 꼭두각시 같은 행동은 오히려 나의 결단을 앞당겼다. 집사들은 베드로지성전 근처 건물들을 매입해서 청년들에게 월세를 받았다. 어떤 집사는 성전 근처에 카페나 식당을 차리기도 했다. 휴대폰 매장과 네일샵을 오픈한 집사들도 있었다. 그러나 신천지에 빠진 청년들은 강제노동에 시달리며 수입의 대부분을 신천지에서 쓰고 있었다.

예배에 나가지 않자 신천지 교인에게서 만나자는 연락이 왔다. 예상대로였다. 만나지 않으면 집까지 찾아올 것이 뻔했기 때문에 만나서 이야기를 했다. 신천지는 조직을 이탈한 사람을 배도자로 규정하고 온갖 옹졸한 저주를 했다. 이제 신천지는 나에게 스트레스 그 자체였다. 나는 더 이상 노예로 활동할 생각이 없었다.

나와 친했던 신도에게서 영화를 보자는 연락이 왔다. 그는 나를 차에 태우고 자연스럽게 신천지 공개 전도행사를 구경하러 가자고 했다. 너무 예상대로 행동하는 그들의 모습이 이제는 신기할 지경이었다. 나는 "이러려고 영화 보자고 했구나?"고 물었다. 그의 표정이 일순간 굳어지는 걸 보았다. 그러나 그는 끝내 모른 척 이야기를 이어갔다. 성전 건물을 빠져나가며 씁쓸한 과거를 회상했다. 그들은 나의 마음을 사기 위해 최선을 다했다. 신천지 탈퇴를 결심하자, 지난 세월에 대한 그 어떤 보상도 받을 수 없다는 현실이 밀려왔다. 그들에게 철저히 이용당했다는 모욕감에 상실감과 무기력함이 엄습했다. 이후로는 책을 읽거나 영상들을 보며 시간을 보냈다. 새로운 지식을 쌓는 것을 위안으로 마음을 다독였다. 여전히 연락되는 신천지 교인들이 많았기 때문에 만남을 가지기도 했다. 나는 그들에게 진지하게 신천지에 대해 이야기했다.

2013년, 신천지는 그해의 표어를 14만4천 완성의 해로 제시했다. 물론 실패했다. 그 책임은 오롯이 교인들에게 전가되었다. 2014년, 신천지는 14만4천 명을 넘었다. 그들은 종교대통합 만국회의를 통해 '흰무리'를 불러모으겠다고 했다. 그러나 종교대통합은 애초부터 불가능한 일이었다. 그 어떤 종교지도자가 토론 끝에 종교를 개종하겠는가. 2015년, 신천지는 종교 경서를 하나로 통일하겠다고 말했다. 그러나 타 종교지도자들은 본인들의 종교를 자랑할 뿐이다. 당시 신천지가 준비한 질문지는 참으로 형편없었다. 신천지는 타 종교지도자들에게 "당신의 경서에 일곱 별이 있냐"고 물었다. 신천지 교리를 토대로 한 황당한 질문이었다. 그들은 질문 자체를 이해하지 못했고, 난색을 표했다.

2016년, 신천지는 국제법을 제정하겠다고 말했다. 국제법은 그렇게 쉽게 제정되지 않을뿐더러, 제정 후에도 강제력이 없는 경우가 허다하다. 신천지는 국제법을 통해 모든 무기를 녹여서 숟가락을 만들겠다고 했다. 심지어는 “특정 종교를 폐쇄할 수 있다”라는 조항을 반드시 국제법에 넣어야 한다고 고집하기도 했다. 당연히 특정 종교를 폐쇄할 수 있다는 조항은 그 어떤 국제법에도 포함될 수 없는 어이없는 주장으로, 법학자들의 비웃음을 샀다. 결국 국제법 제정 활동은 완전히 실패했다. 신천지는 이후에는 10만 수료식을 진행하자며 교인들을 압박했다. 나는 그들에게 이 이야기를 해주고, 이래도 신천지를 믿을 것이냐고 물었다

어떤 사람들은 그래도 신천지는 옳다고 말했다. 그러나 어떤 사람은 이 이야기를 묵묵히 듣더니, “그럴 것 같긴 했다. 사실 공감이 간다. 그렇지만 신천지를 나가는 게 너무 두렵다”고 대답했다. 신천지에 다니는 사람임에도 신천지가 천국이 아닐 수 있음을 인정하는 사람들이 있었다. 그들을 그곳에 남게 한 것은 결국 지옥에 대한 두려움이었다.

신천지는 내부 인원들을 관리할 때도 ‘은사치기’와 ‘거짓말’을 동원했다. 이만희 교주가 해외 인사들에게 무수한 상장들을 받았다는 교단 홍보가 있었다. 알고 보니, 해당 상장은 교주 본인이 직접 수상하고 싶은 내용을 필기한 것이었다. 총회 실무자들이 그의 필기를 바탕으로 상장과 상품을 제작했고, 해외 인사에게 수여를 부탁했다. 신천지는 이만희 교주가 미국을 비롯한 해외를 방문하는 것을 ‘동성서행’이라 부른다. 그가 미국을 다녀온 이후 내부적으로 “이만희 교주

가 미국 캘리포니아주 경찰들의 경호를 받았다"는 홍보가 있었다. 알고 보니, 경찰복과 유사한 제복을 착용한 사설 경호업체에 돈을 주고 경호를 맡긴 것에 불과했다. 이만희가 평화를 이루었다는 필리핀에서는 종교 분쟁이 계속되고 있었다. 신천지는 방문에 필요한 모든 비용을 지원할 테니, 본인들의 행사에 참석해달라고 해외 인사들에게 제안했다. 그들로서는 거절할 이유가 없었다. 행사 직후 신천지는 다른 국가의 대법원장, 대법관, 국회의장 등이 신천지를 인정했다고 홍보했다. 신천지는 교인들의 돈으로 그럴싸한 그림을 만들었고, '신천지가 이렇게 대단한 곳'이라고 홍보했다. 교인들은 역사가 이루어지고 있다고 믿고, 더 많은 헌금을 냈다.

신천지와 어느 정도 거리를 둔 이후, 동규가 함께 활동하는 사람들을 소개해 주었다. 그러나 나는 새로운 관계가 두려웠다. 인간에 대한 환멸감을 경험했기 때문이다. 나는 새로운 관계가 후회로써 마무리되는 상황을 미리 걱정했다. 광기에 휩싸인 채 조직에 충성하던 시절의 여파일까. 나는 어떤 단체에 들어가도 아쉽다는 인상을 받았다. 치밀한 조직관리 프로그램 도입을 바라는 건 아니었지만, 아마 느슨하다는 생각이 들었기 때문일 것이다.

이후에도 한동안 신천지 사람들의 연락을 받았다. 연락을 받지 않으면 집에 찾아올 것이 예상되었다. 나는 그들에게 대표 한 명을 정하고 그 사람을 통해서만 연락하라고 통보했다. 전역 후 내가 속한 구역의 구역장이었던 사람이 연락을 맡았다. 며칠 후, 그가 집에 왔다며 영화를 보자고 했다. 신천지 신도들이 집 앞에 찾아오는 상황에 직면하자, 나는 참을 수 없는 분노에 사로잡혔다. 밖에 나가서 나를 기다리고 있던 두 사람에게 "집 앞까지 찾아오는 게 관계에 대한 예의냐"며 화를 냈다. 내가 화를 내자, 그들은 이내 미안하다고 사과했다. 그러나 전혀 죄의식이 느껴지지 않았다. 아마 그들은 이 일을 기억하지도 못할 것이다. 그날 이후, 신천지 교인들을 만나는 것만으로도 화가 났다. 나의 분노는 눈앞에 있는 조직의 파편이 아니라, 신천지 집단을 향해있었다. 그들은 나 자신의 과거이기도 했다.

2019년 7월 말, 구역장에게서 "계속 예배에 불참하면 사고자 처리된다"는 연락이 왔다. 사고자 처리는 예배에 8번 무단결석한 신도에게 내려지는 조치였다. 나는 구역장에게 왜 아직까지 탈퇴자 처리하지 않았냐고 되물었다. 구역장은 "사고자 처리는 반드시 만나서 면담한 이후에 가능하다"고 답했다. 어이가 없었다. 나는 납득할 수 없으니 알아서 하라고 했다. 8월 이후에도 연락이 왔으나, 더 이상 나가지 않겠다고 답했다.

2019년 9월 2일, 나를 담당했던 구역장이 얼굴이나 보자며 만나자고 했다. 광주 시내에 위치한 카페에서 그를 만났다. 한참 이야기를 하고 있는데, 그가 갑자기 오른쪽을 돌아봤다. 카페 입구에서부터 부장이 뚜벅뚜벅 걸어오고 있었다. 그는 20대 후반이었고, 부모님에게 자격증 공부를 하겠다고 거짓말을 하고, 돈을 받아 고시원에서 생활하고 있었다. 그의 얼굴을 보는 순간, 진심으로 분노가 치밀어 올랐다. 구역장에게 "이러려고 만나자고 했냐"고 물었다. 그는 모르는 일이라고 했다. 내 앞에 앉은 부장은 뻔뻔하게도 "지나가다가 여기 있다는 말을 듣고 들렀다"고 했다. 당연히 명백한 거짓말이었다. 이날은 월요일이었다. 전날, 예배 직후 모임방에 모여 박형민을 만날 계획을 짜는 그들의 모습이 눈에 선했다. 나는 차라리 대화를 해봐야겠다고 생각했다.

나는 부장에게 신천지가 주장하는 국제법에 대해 질문했다. 나는 국제법의 현실을 이야기하며 운을 띄운 후, 신천지가 제정하겠다고 주장한 국제법 DPCW 9조 3항을 언급했다. 해당 조문에는 "특정 종교를 폐쇄할 수 있다"고 명시되어 있다. 이는 대부분의 국가에 존재하는 헌법상의 종교의 자유에 위배하는 내용으로, 순수한 마음으로 다가온 국제법 전문가들조차 "불가능할뿐더러, 위험한 조항이라"고 알려준 내용임을 이야기했다. 어떤 답변을 내놓을지 기대했지만, 부장과 구역장은 아무것도 모르고 있었다. 더 이상의 대화가 불가능할 정도였다.

그들과 대화하며, 구역장과 부장, 개인들이 아니라, 신천지라는 사람과 대화하고 있다는 기분이 들었다. 모두가 같은 말을 반복했고, 어떤 이야기를 해주어도 성경은 맞으며 자신들의 역사는 이루어지고 있다고 했다. 질문이 들어오면 준비된 답변을 배출하는 프로그램을 마주한 느낌이었다. 나는 그날 이후 그들의 연락을 받지 않았다.

2019년 9월 29일, 구역장에게 며칠 전에 왜 전화했냐고 물어봤다. 그는 "사고처리자에게도 다시 돌아올 기회를 부여하는 부활 제도가 있다"고 했다. 나는 더 이상 답변하지 않았다. 올해 초, 그가 전남대에 신입생으로 들어간다는 소식을 들었다. 그에게 연락해서 "거기 가서 모략 전도할 생각하지 말라"고 경고했다. 이후에도 신천지라는 낙인은 나를 그림자처럼 따라다녔다. 그들에게 이용당했다는 사실이 치욕스러웠다. 신천지 탈퇴자가 2017년 기준으로도 13,000명을 가뿐히 넘긴다고 한다. 나는 신천지를 탈퇴한 이후 거짓말로 다른 사람들의 호의를 배신했던 것이 얼마나 부끄러운 행동이었는지 깨달았다. 신천지에서 빠져나온 사람들은 '신천지 출신'이라는 사실을 들키는 것을 두려워한다. 신천지에 대한 사회적 낙인이 탈퇴자의 경험을 은폐하고 있는 셈이다.

더 이상의 피해를 막기 위해서 누군가는 이야기를 시작해야 한다. 나는 신천지가 성장한 이유, 내가 신천지에 들어가게 된 계기, 신천지의 습성과 특성에 대한 글을 쓰기 시작했다. 지난 시절을 생각할 때면, 참을 수 없는 부끄러움과 분노의 감정이 소용돌이쳤다. 나는 자아를 잃어버린 채 신천지라는 조직의 도구로써 활약했다. 나는 가스라이팅(gaslighting, 심리지배)과 그루밍(grooming, 길들이기), 그리고 상식을 벗어난 전도방식에 완벽하게 당했다. 이것들을 인정하기까지 오랜 시간이 필요했다. 신천지를 떠나면 지옥에 가게 된다는 그들의 협박이 기억난다. 문득 어떤 면에서는 맞는 말이라는 생각이 든다. 우리는 언제나 어려운 시기를 보내왔다. 존재한다는 것은 고통의 연속이기도 하다. 세상은 늘 어떤 면에서는 지옥이나 다름없다. 그러나 힘든 세상이지만 누군가는 무거운 책임감을 어깨에 지고 담대하게 하루를 살아가고 있다. 어떤 사람들은 나에게 천국이 되어 주었다. 그곳에 빠져든 사람들도 이 험난한 세상을 함께 살아갈 누군가를 갈망했을 것이다. 씁쓸함을 삼키며, 나에게도 짊어져야 할 책임이 있음을 실감한다. 나는 20대 5년을 신천지에서 보냈다.

• • • •

제4장

신천지, 그들의 실체

01 반사회적 집단, 신천지

신천지는 한국기독교총연합회(이하 한기총)를 기성 교단의 대표로 규정한다. 신천지는 한기총을 '바벨론'이라 부르며 사탄의 소속이라고 비난한다. 그들은 반사회적 집단 한기총과 CBS는 폐쇄되어야 한다고 주장해왔고, 전국적으로 시위를 진행하기도 했다. 한기총과 신천지 두 집단 중 어떤 집단이 더 반사회적 집단일까? 한기총은 다양한 교단이 소속되어있는 연합회이며 이탈한 교단 수가 증가하여 현재는 기성 교단을 대표하고 있다고 보기 어렵다. 한기총 일부 목사들이 사회적으로 논란이 되는 잘못된 행동들을 하여 비난받고 있다는 것은 사실이다. 한기총이 명백히 인정하고 개선해야 할 점이다. 그러나 한기총에는 타인에게 피해를 주지 않고 묵묵히 신앙생활을 하고 있는 교인들도 많다. 한기총 일각의 오점들을 집단 전체로 일반화시켜, 한기총을 '반사회적 집단'으로 규정하는 것은 어불성설이다.

신천지 측은 "한기총이 마귀 자식인 것을 들켜서 신천지를 핍박하고 있다"고 주장한다. 참으로 이상한 주장이다. 상대방을 '마귀 자식'

으로 규정하면 분쟁이 확대될 수밖에 없다. 어떤 단체가 마귀 자식이라는 비난을 그냥 넘기겠는가. 신천지는 '추수꾼'과 '산옮기기' 포교법을 통해 사회적 물의를 빚고 있다. 산옮기기는 기성교회에 다수의 신도들을 파견하여 여론을 조성하고, 교회를 통째로 접수하는 행위를 뜻한다. 그들은 신천지만이 진리라고 굳게 믿고 있기 때문에, 산옮기기는 기성교회 교인들을 도와주는 행위로 인식한다. 이것은 다른 사람의 물건을 훔친 후, 재판장에서 "원래 내 물건을 저 사람이 훔쳐간 것"이라고 주장하는 것과 다르지 않다.

그들의 타락한 도덕성으로 인해, 공동체의 상호 신뢰감은 큰 타격에 직면해있다. 신천지는 비난받아 마땅한 행동들을 해왔음에도, 피해자를 자처한다. 여기서 신천지의 도덕성이 한국 사회의 도덕성과 상이하다는 것을 확인할 수 있다. 공동체에서 상호 간의 믿음은 중요한 요소다. 누군가 나를 죽이지 않을 것이라는 믿음, 누군가 나를 폭행하지 않을 것이라는 믿음, 공동체 속에서 안전한 삶을 향유할 수 있을 것이라는 믿음은 공동체의 유지에 있어 필수적인 조건이다. 그러나 신천지는 포교라는 목적을 위해 배신이라는 수단을 정당화한다. 그들을 보면, 단테의 신곡에 '최악의 지옥은 배신'이라는 문장이 포함된 이유를 이해하게 된다. 용납될 수 없는 도덕관을 20만 명이 공유하는 신천지야말로 반사회적 집단이다.

대한민국 법원은 신천지 전도방식에 위헌성이 있음을 확인한 바 있다. 해당 판결은 "성경공부 등을 내세워 위장으로 포교하여 신천지 교리교육을 받게 한 것은 종교의 자유를 빙자한 거짓 유인과 사기로 헌법에 위배된다"고 판시했다. 신천지임을 밝히지 않고 진행하는 교리교육이 객관적으로 종교를 선택할 판단력을 상실하게 한다는 내용이다. 물론 헌법재판소에서 나온 판결을 아니지만, '모략포교'를 시행할 경우 법적 손해배상 책임이 발생할 수 있음이 확인된 중요한 판결이다. 신천지는 그동안 종교의 자유를 주장해왔다. 그러나 실제로는 종교의 자유를 침해해왔다. 위헌성이 명확한 전도방식을 신천지 교인 전원이 사용하고 있다.

신천지는 '신천지를 위한 거짓말은 선을 위한 모략'이라 주장한다. 실로 극악한 집단 이기주의의 표본이다. 신천지의 일그러진 도덕관은 다른 종교에서는 찾아보기도 어려울 지경이다. 그 어떤 교단도 전체 교인에게 조직을 위해 사기를 치고 이익을 얻어오라고 명령하지 않는다. 신천지 조직원은 '자의식은 죄'라는 세뇌를 받고 자아를 상실한 상태다. 신천지는 교인을 도구로 활용하고 구원을 인질 삼아 모략전도를 자행해왔다. 그들은 교인들을 거짓말쟁이, 사기꾼으로 만들어 무기로 휘두른다. 도구가 된 교인은 사회에 큰 해악을 끼친다. 신천지가 지금과 같은 전도방식을 고수한다면 이들은 반사회적 집단을 넘어 위험집단으로 규정되어야 한다.

신천지는 고린도전서 9장 20절을 통해 거짓말을 정당화시킨다. 물론 자의적 해석에 불과하다. 이들은 특정 성경 구절을 빌미로 현실에서의 악행을 합리화한다. 물론 신입 신도들에게도 악행이 자행된다. 신천지 신도들은 전도 과정에서 두 차례나 '배신'을 경험한다. 그들은 정신적 공황상태에서 주도면밀한 세뇌교육을 받는다. 이 과정에서 신입 신도들은 신천지 소속이 아닌 한기총과 기성 교단, 나아가 세상과 가족마저 사탄이라는 흑백 논리를 체화한다. 교인들은 이 모든 것들을 '잠재적 가해자'로 여기게 된다. 지속적인 세뇌를 받은 신입 신도들은 자신들을 박해에 직면한 피해자로 여기며, 거짓말 하는 것은 정당한 일로 합리화한다. 신천지 문화의 본질은 집단 구성원들을 피해자로 만드는 것에 있다. 신천지 지도자는 구원을 인질로 잡고, 신입 구성원들에게 또 다른 피해자를 양산할 것을 지시한다. 신천지 교인들은 피해자와 가해자 사이에서 혼란스러워한다.

신천지 신도들은 본인이 신천지 소속이라는 사실을 숨겨야 한다. 그들은 사회에서 소속감과 존재감을 확인받을 수 없다. 이는 구성원들을 패배자, 도망자로 만들고 자존감을 떨어뜨린다. 신천지는 구성원들의 자존감을 바닥까지 낮추어 집단에 의존하도록 조종한다. 신천지에서의 모든 결정권은 지도부와 총회장에게 있다. 이들은 본인들의 행위에 대한 책임감을 가져야 한다. 그러나 지도층 역시 책임을 회피하고 피해자를 자처한다. 그래서 신천지 구성원들은 항상 억울하다. 자신들을 하나님이 시키는 대로 행동한 피해자로 정체화하기 때문이다.

신천지 교인은 입만 열면 거짓말을 할 수밖에 없는 환경에 있다. 신천지는 구성원들을 국가로부터 탄압받던 초기 교회 신자로 규정하고 피해자의 입장에서 거짓말을 하도록 세뇌한다. 이 때문에 신천지 교인임을 숨기기 위해 시작한 작은 거짓말이 눈덩이처럼 커지기 시작한다. 처음에는 복음방과 센터 수강을 숨기기 위해 거짓말을 한다. 그 시간에 자격증 공부를 하고 있다고 거짓말을 하면, 이내 또 다른 거짓말을 만들어야 한다. 자격증 공부를 평생 할 수는 없기 때문이다. 그 와중에 자격증을 따지 못한 이유도 지어낸다. 정식 신도가 된 이후에는 아침 모임에 나와서 밤에 들어가기까지 일상적인 모든 부분들에 대한 거짓말을 만들어낸다. 가족, 친구, 지인, 수강생은 물론이고 학교나 직장에서도 거짓말로 일관하기 시작한다. 몇 년 안 가 신천지 신도의 삶은 거짓 그 자체가 된다. 신도들은 궁극적인 보상을 절실하게 원하게 된다. 신천지의 시스템은 전도 대상뿐만 아니라 교인들의 삶도 파멸에 이르게 한다.

신천지는 신도들에게 '육체영생'과 '제사장'이라는 환상을 심어주고, 도피처를 마련해준다. 신도들은 영생과 제사장이라는 압도적인 가치를 통해 다른 모든 것들을 평가 절하한다. 사회에서 대기업에 다니는 사람도 우리가 제사장이 되면 돈을 갖다 바칠 것이니, 그들이 불쌍한 존재라고 한다. 그들은 평생 일만 하다가 늙어 죽을 것이나, 우리들은 하나님의 일을 행복하게 하면서 살아가고, 이후에도 영생과 부귀영화를 누린다고도 한다. 이들은 사회적으로 인정받는 사람들에게 느끼는 열등감을 외면하기 위해 스스로를 특권층이라 믿는다. 모든 인간들이 본인들을 왕 같은 제사장으로 추대할 것이며, 하나님의 권세를 가지고 천년왕국을 다스릴 것이라고 자신을 속인다. 결국 신천지 신도들은 사회 활동 자체가 어려울 수밖에 없다.

현실로 돌아오기 위해서는 자신이 속았다는 사실을 인정해야 한다. 처음 거짓말을 시작한 시점부터 영원한 도망자로 살아야 하기 때문이다. 나를 전도했던 '인도자'는 나보다 10살 연장자였다. 그는 본인이 대기업에 합격한 적이 있었다고 했다. 그는 신앙의 길을 걷기 위해 그것을 포기했다고 말했다. 나는 그의 말을 듣고, 그가 가진 열등감을 마주했다. 거기에는 해당 대기업에 다니는 사람들에 대한 열등감이 감추어져 있었다. 그는 공부를 이유로 입사를 포기했다고 부모에게 거짓말을 했다. 그는 신천지가 가르친 거짓 교리를 위해 현실을 팔아넘겼다. 그가 신천지라는 알을 깨고, 우물에서 벗어난 개구리가 될 용기를 내지 못한다면, 그는 죽음의 시점까지 집단의 노예로서 살아갈 것이다. 물론 집단의 입장에서 그는 언제나 대체 가능한 부품에 지나지 않는다. 내가 군에서 전역했던 2019년 3월 시점에도 그는 고시원에서 화면을 보며 시간을 죽이고 있었고, 영생이 이루어지는 그날을 하염없이 고대했다.

그처럼 수많은 청년들이 소중한 청춘의 시기를 신천지에서 낭비하고 있다. 신천지 사역자들의 무책임한 부추김 때문이다. 청년들은 미래에 대한 준비를 그만두고, 건널 수 없는 강을 헤엄치고 있다. 신천지는 그들이 낭비한 시간을 책임져주지 않는다. 신천지 사역자가 될 수 있는 사람에도 한정이 있다. 신천지에 충성하여 간부가 되지 못한 청년들은, 늦은 나이에 열악한 일터로 밀려난다. 최악의 경우, 그들은 은둔형 외톨이가 된다. 신천지에는 3년 차에서 5년 차 사이에 탈퇴하는 사람이 가장 많다. 극악할 정도로 빠듯한 일정 때문이다. 번아웃된 이들의 빈자리를 열성적인 신규 신자가 채운다. 이들도 시간이 지남에 따라 평신도가 된다. 구역장과 팀장들은 단시간 아르바이트를 하며 자급자족하고, 매일 상부에서 하달한 지시들을 감당하느라 스스로의 삶을 살 수 없다. 그들은 그렇게 몇 년을 보낸 후에야 현실에 눈을 뜨고 탈퇴한다. 신천지는 구성원의 인생에 기생하고 종국적으로 숙주를 죽이는 기생충과 다를 바 없다.

직장생활을 하는 교인들은 일반인과 크게 다르지 않은 삶을 사는 것처럼 보인다. 그들이 신천지 소속이라는 사실을 사회에서는 철저히 숨기기 때문이다. 그러나 사회에서 정상적인 생활을 영위한다고 해도, 집단의 속성은 무시할 수 없다. 영생과 제사장의 세계는 신천지 신도들의 삶의 종착역이다. 이러한 목적을 가진 사람들은 직장에서 열심히 살아갈 이유가 없다. 그들은 "어차피 제사장이 될 건데, 이런 취급을 받으며 일해야 해?"라고 생각하며, 직장생활에서 큰 어려움을 겪는다. 그 어떤 사회적 가치보다도 신천지가 중요하기 때문이다. 이들은 조금만 엇나가도 현실을 떠나버릴 수 있는 위험한 세계관을 가지고 있다. 만에 하나, 신천지 세계관이 무너진다면 이들에게는 정신이 붕괴 될 위험성이 실제한다. 신천지가 틀렸다는 현실을 인정하지 못하는 사람들은 결국 아류 이단이 제시하는 이상세계를 찾아 영원히 방황할 것이다. 한국사회는 신천지 교주 사망 후 일어날 수 있는 사회적 재난에 대비해야 한다.

2020년 현재, 신천지는 '코로나 19' 확산사태로 인해 조직적 위기에 직면한 상황이다. 신천지는 살아남기 위해서 통신부를 통해 조직적인 반(反) 문재인 기사를 양산하고 있다. 신천지가 코로나 19 확산사태 이후 보여준 태도들 생각할 때, 질병 자체는 이들에게 책임이 있는 일은 아니지만, 그들이 그 이후에 보여준 후안무치한 태도는 지탄받아 마땅하다. 그들은 단순한 피해자로 귀결될 수 없다.

02 신천지 교주 '이만희'

신천지 교주 이만희는 본인이 왕가의 자손이라고 주장한다. 예배 때마다 들었던 이야기다. 그는 본인을 '세종대왕의 친형 효령대군의 19대손으로 대한제국 황실 혈통'으로 소개했다. 그러나 그는 실제로는 경주 이씨 40대손으로, 왕가와는 혈통 관계가 전무한 사람이었다. 그의 주장을 접한 왕실 후손이 "족보에도 없는 사람이 황손 행세를 하고 있다"며 불쾌감을 표출하기도 했다. 물론 나는 혈통에는 특별한 감상을 느끼지 않는다. 문제는 거짓말이다.

신천지는 이만희 교주의 말을 '하나님의 말씀'으로 여긴다. 그들은 교리상 '삼위일체론'을 부정하기 때문에, 하나님과 예수님과 성령을 별개의 존재로 본다. 신천지는 해당 교리에 입각하여 이만희 교주에게 하나님의 영이 함께하지만 그가 하나님인 건 아니라고 교육한다. 이를 통해 이만희 교주는 신의 권위는 취하고, 책임져야 할 것들은 '나는 신이 아니다'라는 논리로 회피한다. 그는 신천지에서 그 어떤 것도 책임지지 않는다.

신천지는 이만희 교주의 발언들을 모아 서적으로 출판하기도 한다. 일명 '하늘누룩'이라 불리는 어록집이다. 해당 서적에는 어딘가에서 접한 적이 있는 듯한 그럴싸한 명언들이 쓰여있다. 신천지 신도들은 '하늘누룩'에 나오는 문장들을 책갈피나 노트에 새겨둔다. 이 광경을 보고 있으면, 마오쩌둥 주석 어록집을 들고 다니던 홍위병들의 모습을 떠올리지 않을 수 없다. 신천지 교회 곳곳에는 이만희 교주의 상반신 사진이 걸려있다. 역시 북한 어디에서나 발견할 수 있는 김일성 사진이 연상되는 광경이다. 한때 신천지 2인자로 불렸으나, 조직을 이탈한 김남희는 이만희 교주로부터 유리관과 방부제를 구해보라는 지시를 받은 적이 있다고 주장했다. '교주의 영생'이라는 신천지의 대전제가 간단히 무너지는 순간이었다. 한때, 신천지는 김남희를 이만희 교주의 '영적 배필'로 규정했다. 그러나 신천지를 이탈한 김남희의 주장에 따르면, 그는 이만희 교주와 사실혼 관계에 있었다고 한다. 신천지는 이만희 교주가 요한계시록 12장에 나오는 '철장으로 만국을 다스릴 남자'라고 교육한다. 그러나 그는 애인과의 관계를 유지하는 것에도 실패한다. 신천지는 김남희를 '만인의 어머니'로서 신도들에게 소개했다. 한때 신도들에게 '만인의 어머니'로 불렸던 사람마저 조직을 이탈하는 게, 지금의 신천지의 현실이다.

나는 신천지 예배 때 이런 말을 들은 적이 있다. "총회장님은 신도들 마음을 꿰뚫어보시더라. 예수님이 오셨을 때 그의 옷자락을 만진 사람의 병이 나았던 것을 아는 사람들이 총회장님 옷자락을 잡아보려 하더라." 신천지는 요한계시록을 바탕으로 이만희를 유일한 구원자로 규정하고 있다. 그들은 이만희가 굳건한 책임감을 가졌으며, 돈 욕심 없고, 사생활 깨끗하고, 신심이 뛰어나며, 성경과 성도밖에 모르는 지도자라고 교육한다. 이만희의 외모를 비롯하여 겉으로 드러나는 인상에 대해서는, 예수의 외모에 대한 성경 구절(이사야 53:2-3)을 인용하여 논박한다. 성경에는 "예수의 외모에 아름다운 것이 없다"는 구절이 있기 때문이다.

신천지에서 이만희 교주를 2m 거리에서 본 적이 있었다. 그는 작은 키에 머리숱은 휑하고, 작고 검은 눈동자를 가진 노인이었다. 신천지 신도 절대다수는 이만희 교주에게 직접 교육받지 않은 사람들이다. 그들은 어떻게 이만희에 대한 신격화를 수용했을까? 내부적으로 '정신적 지주'로 통하는 이만희나 지재섭의 설교를 들어보면, 그들은 언제나 비슷한 말을 반복하며 화를 내기 바빴다. 이만희는 "여러분 나는 장막성전에서 맞으면서 공부했습니다. 청년들이 성경 구절을 못 외우면 돌로 머리를 쳐야 합니다" 같은 황당한 설교를 하기도 했다. 사실, 이들을 정신적 지주로 만드는 것은 탁월한 강의 능력을 지닌 일선 강사들이었다. 그들은 두 사람의 말을 마치 성경 구절을 조립하여 논리 구조를 만드는 것처럼 확대 해석했다. "사실은 총회장님, 지파장님이 이런 깊은 뜻을 가지고 저렇게 말씀하신 겁니다!" 일선 강사들의 반복적인 세뇌에 신도들은 정말로 그렇게 생각하기 시작했다. 강사들은 평신도에게는 말씀을 해석할 능력이 부족하므로, 본인들이 총회장님과 지파장님의 말씀을 듣고 소화시켜서 나누어주는 것이라 가르쳤다.

강사들은 교주에 대한 충성경쟁 탓인지, 공개적으로 자신의 충심을 늘어놓기도 했다. 어떤 강사는 “예수님이 초림 때 약속의 목자였다면 총회장님은 이 시대의 약속의 목자이다. 열두 제자가 예수님을 ‘주님’이라 부른 것처럼, 나도 총회장님을 ‘나의 주님’이라고 부르겠다. 성경은 천국을 이루기 위한 지도였다. 이제 선생님(이만희)이 세상에 오셨으니, 성경이 더 이상 필요하겠는가? 이제 선생님 말씀만 따르면 된다”라는 식의 노골적인 찬양을 공개적으로 진행하기도 했다. 그들은 이만희를 십자가보다 무거운 신천지를 지고 걸어가는 총회장이라고 가르친다. 이만희가 장막성전에서 폭행당한 일은 예수님이 채찍과 돌에 맞은 것과 동일시된다.

03

신천지 조직체계

○ 조직구조

* 2019년 12월 기준
국내 신도현황
(2020년 1월 총회 발표)

신천지 위계질서 도표

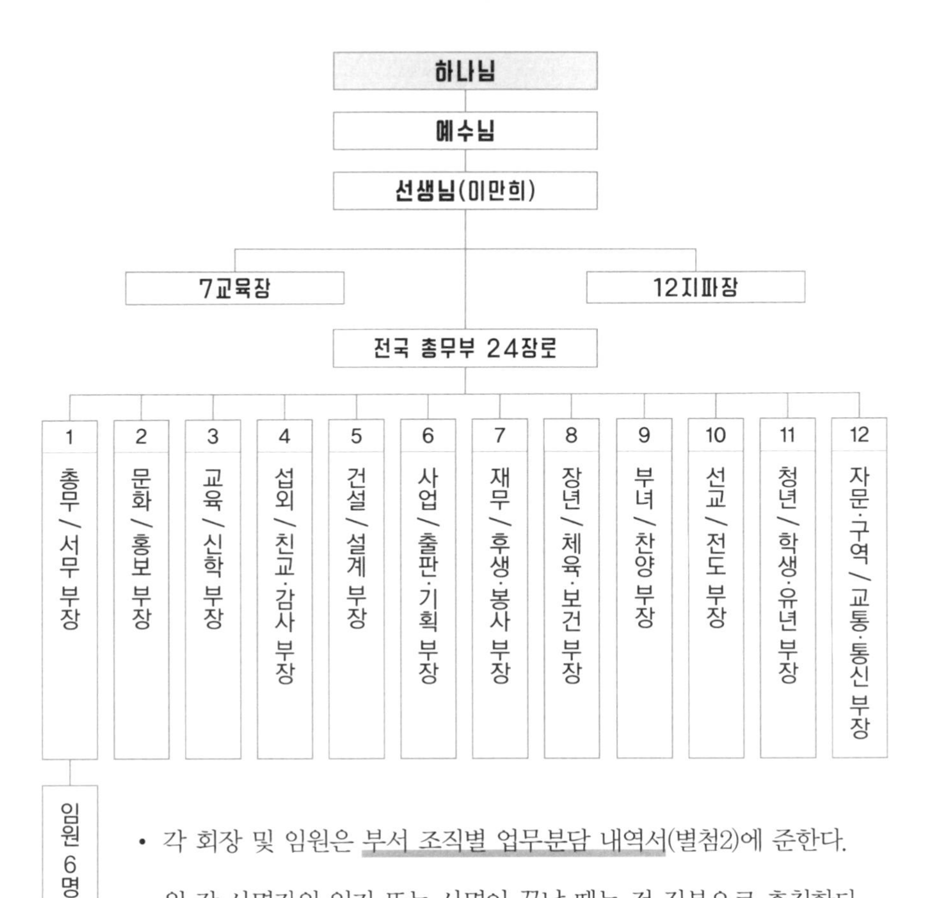

- 각 회장 및 임원은 부서 조직별 업무분담 내역서(별첨2)에 준한다.
- 위 각 사명자의 일기 또는 사명이 끝날 때는 전 직분으로 호칭한다. (예: 집사, 문도)

✚ 교회의 발전과 평화는 위계질서에 입각한 절대 순종에 있다.

신천지 조직은 완벽한 형태의 '피라미드'에 가깝다. 이만희 교주 휘하에 7교육장, 12지파장, 24부서장이 있다. '교육장'은 내부적으로 그 신분이 명확히 드러나 있지 않다. 사실상 '암행어사'에 해당한다고 이해하면 된다. '지파'는 전국을 12구역으로 나누어 담당한다. 여기서 말하는 '부서'는 총회, 즉 본부 산하에 있는 24개 행정 부서를 뜻한다. 각 지파에도 별개의 부서가 있다. 신천지는 총회 휘하에 12지파가 존재하는 형태로 이루어져 있다. 대통령 밑에 서울시장, 광주시장, 대구시장, 전남도지사 등이 위치하여 각 지역을 담당하는 형태라고 이해하면 된다. 각 지파마다 교회가 있고, 교회는 또다시 24개 부서와 4개의 '회'로 나뉜다. '회'는 모임으로, 신도들이 소속된 단위다. 자문회(65세 이상), 장년회(35세 이상), 청년회(20세 이상) 등이 있다. '회'의 숫자는 사실 4개보다 더 많지만, 성경에 등장하는 '4생물'을 회로 규정하기 때문에 교육할 때는 4개라고 한다.

24개 부서에는 체육부, 문화부, 재정부, 총무부, 섭외부, 공개전도부, 정보통신부, 출판부, 찬양부, 전도부, 교육부, 사업부, 서무부, 홍보부, 신학부, 감사부, 국제부, 보건후생복지부, 내무부, 건설부, 설계부, 봉사교통부, 선교부 등이 있으며 필요에 따라서 통합되고 분할되길 반복하고 신규 생성되기도 한다.

○ 24개 부서

- **총무부:** 지파 내부에서 총무부장은 서열 2위에 해당한다. 물론 1위는 지파장이다.
- **내무부:** 자문회장, 장년회장, 부녀회장, 청년회장, 학생회장 등이 소속된다.
- **기획부:** 지파 내부 행사를 기획하며, 대규모 기도회, 체육대회 등을 주최한다.
- **서무부:** 총회장과 지파장에게 '서무'가 있으며 비서와 비슷한 역할을 수행한다.
- **재정부:** 교인의 구역회비, 부서회비, 청년회비, 주일헌금, 감사헌금, 십일조, 건축헌금, 절기헌금을 비롯한 재정적 영역을 담당한다. 구역 회계, 부서 회계, 청년 회계, 지파 회계가 존재한다. 구역장에게는 구역 회비 사용 권한이 있고, 부장에게는 부서 회비 사용 권한이 있다. 재정부장이 예배 때마다 재정보고를 실시한다. 재정보고 내용이 포괄적이며 세부 사안이 궁금한 자는 따로 문의하라고 한다.
- **교육부:** 지파 서열 3위에 해당한다. 교육부장은 강의 능력이 뛰어난 사람 중에서도 강사 경력이 제일 긴 사람으로 임명된다. 그는 총회장과 지파장의 과도한 명령을 교인들에게 적당한 분량으로 나누어 전달한다.

- **신학부:** 센터 사명자로 불리는 센터원장, 강사, 전도사가 소속된다. 센터별 종강률, 탈락률, 시험성적을 보고받는다. 탈락자가 발생하면 강사 이름도 함께 기재한다.
- **공개전도부:** '모략전도'가 한계에 봉착한 이후 신설한 부서다. 신천지 공개 홍보 행사를 진행한다. 신천지임을 밝히고 전도를 진행하기 때문에 실적이 낮다.
- **봉사교통부:** 봉사자가 필요한 경우 지침을 내리는 부서다. 부녀부에 사역자 식당 식사 당번을 맡기는 등 인력을 활용하는 부서다. 교회 내부 청소의 경우 오전에는 부녀부에서, 오후에는 청년부에서 맡는다. 건축 관련 봉사, 교회 주변 주차봉사 등은 모두 무일푼으로 진행된다.
- **건설, 설계부** : 신천지 모임방, 센터, 교회 건물을 선정하여 구매하거나, 직접 건설한다. 공사에 인력이 필요할 경우, 봉사부에 인원을 요청한다. 봉사부는 내무부를 통해 부서별 할당량을 하달하여 인력을 수급한다.
- **외교정책선교부, 국제부:** 해외 진출 및 국제 행사 도맡아 진행한다. 해외 선교, 동성서행, 종교대통합 만국회의 귀빈 초대 등의 업무를 진행해왔다.
- **전도부:** 내무부 전도 실적을 관리하고 상부 지침에 따라 할당량을 조절한다. 지파 전도행사, 내무부 전도행사 등을 기획한다. 일반 사회 행사에 이용할 목적으로 정보도 수집한다.

- **문화부:** 신천지 내부 방송 영상 제작, 유인물 편집디자인, 책자 디자인, 건물 인테리어, 디자인, 대외 공연 기획을 담당한다.
- **찬양부:** 찬양대와 찬양단으로 나뉜다. 찬양단에는 소수의 가수들이 소속된다. 찬양대에는 베이스, 테너, 알토, 소프라니, 각종 악기 연주자, 지휘자가 소속된다. 찬양부는 외부 위장 행사에서 음악회, 공연 등을 진행하기도 했다. 음악 학원을 통해 전도를 진행하는 경우도 있다.
- **출판부:** 총회장이 쓴 책을 출판한다. 신천지 교재 및 책자들도 출판하여 판매한다.
- **정보통신부 :** 신천지 내부 앱을 제작하고 관리하며, 정보 보안이라는 중요한 역할을 담당한다. 인터넷 소성단을 운영하여 친(親)신천지 관련 글과 사진, 댓글 확산시키는 작업을 주도하며, 페이스북, 블로그, 카페. 유튜브 등에서 활동한다.
- **체육부:** 신천지 내부 체전에서 활동하고, 일반적인 대회에 대놓고 출전하거나, 위장단체를 내세워 출전한다. 교인들이 마련한 체육기금을 통해 간식 등을 제공받는다.
- **사업부:** 신천지 내부에서 휴대폰 매장, 인터넷 쇼핑몰, 보험 판매, 매점 운영 등을 총괄한다.
- **감사부:** 신천지 내부 재정 흐름을 감시한다. 이외에도 내부 미혹 행위 (이탈 등), 미보고 연애 행위, 다단계 영업, 사기 등에 대한 감시를 병행한다.

- **섭외부:** 신천지 신앙이 주변에 공개되어 있는 인원들을 관리한다. 이 과정에서 잠복, 미행 등을 진행하기도 한다. 신천지 적대행위, 개종 교육을 받는 교인 구출, 반(反) 신천지 정보 반증 교육 등을 실시한다. 사실상 '국정원'에 해당하는 부서로 이해하면 편하다.
- **법무부:** 신천지 관련 법적 분쟁에 대응한다. 변호사가 부족하면 전도할 변호사 명단을 수집한 후 전도해버린다.
- **홍보부:** 전단지, 신문 광고, 버스 광고, 유튜브 광고를 비롯한 전반적인 홍보를 담당한다.

○ 평신도 소속

'신천지예수교 증거장막성전 요셉-베드로지파 광주교회 청년회 대학○지역 ○○부 ○구역 ○팀'

'신천지예수교 증거장막성전 요셉-베드로지파 광주교회 찬양부 주일 정오 유리바다 찬양대'

내가 한때 가지고 있었던 소속이다. 이처럼 신천지 신도들은 군 체계와 같은 정확한 소속을 가지고 있다. 신도들은 피라미드 상층부와 보고와 지침을 주고받으며, 철저히 관리받는다.

○ 신천지 교인 고유번호

'00YYMMDD-XXXXX'

신천지입교년도(신천지) - 수료월 - 수료일 - 수료번호 (순서)

신천지에는 '신천기'라는 자체적인 기년법이 있다. 1984년이 신천기 원년이다. 그들은 신천지 역사가 완성되면, 세계가 '신천기'를 표준으로 삼을 것이라고 교육한다. 2020년 6월 13일에 823번으로 수료한 사람의 고유' 번호는 '00370613-00823'이다. 굳이 '0037'로 표기하는 건 요한계시록 '천년왕국' 때문이다.

○ 신천지 내부 앱

신천지는 '에스나비', '생명의 어록집' 같은 앱들을 자체 제작하여 사용해왔다. 이후 베드로지파에서 S-Line을 개발하여 다른 앱들의 기능을 흡수했고, 전국에서 통용되고 있다. 'S-Line' 앱은 전도보고 시스템, 모임장소 열람, 양식 듣기(교육 청취), 하늘팟(자체 팟캐스트), 진짜 바로알자 성경과 신천지 등의 기능이 있다. '진짜 바로알자 성경과 신천지'는 이만희 총회장이 직접 작성하는 글로 하늘에서 내려주는 영적 양식으로 여겨진다. 양식 듣기의 경우 매주 교육 할당량을 듣고 직접 녹취하여 보고해야 한다. 하늘팟은 조직적인 청취를 통해 일반 팟캐스트 사이트에서도 상위 순위를 지키고 있다. 이외에도 앱을 통해 교회 시설 사용 현황 등을 볼 수 있으며, 층별로 진행되는 모임에 대해서도 알 수 있다.

○ 신천지 연락 앱(텔레그램)

일반 회원 – 전도대상 대화방/교육/광고/수다/전도/섭외/봉사/팀
팀장 – + 부서사명자방/구역전도/구역영혼전도/구역교육/구역섭외
구역장 – + 청년회○○구역장/부서구역장/결석자관리/…

신천지 교인은 현재로써는 텔레그램 대화방을 이용하며 직책이 올라갈수록, 많은 대화방에 소속되기 때문에 항상 메시지가 쌓여있다. 텔레그램을 사용하면 신천지라는 의심을 받기 때문에, 상층부에서 '가계정 제작'을 지시한 적이 있고, 현재는 본인의 연락처로는 텔레그램을 만들지 않는 신도들이 많다.

04 전체주의, 독재국가와 신천지

신천지는 본인들의 조직문화를 '하늘문화'로 칭한다. 이들은 '하늘문화'가 세계 여러 나라의 문화들보다 우위에 있다고 주장한다. 2014년 9월 14일, 신천지가 첫 만국회의를 개최했다. 신천지는 하늘문화 세계평화광복(HWPL)이라는 위장단체를 설립한 후, 이만희 교주를 중심으로 국제법을 제정하여 평화를 이루겠다고 주장했다. 그들은 첫 만국회의를 개최하며 "이만희 총회장을 중심으로 세계 지도자들이 단합할 것"이라 주장했다. 신천지는 그 자리에서 '하늘문화'도 선보였다. 신천지는 카드섹션, 휴대폰 라이트 퍼포먼스를 자랑스러운 하늘의 문화로 소개했다.

신천지 내부 교육에서 카드섹션은 질서정연한 하나님 나라의 것이며, 촛불집회에서 진행하는 휴대폰 라이트 퍼포먼스는 사실 신천지가 먼저 시작한 것이라고 교육했다. 둘 다 틀린 말이다. 카드섹션은 한때 세계 각지에서 진행되었으나, 이제는 전체주의의 상징으로 전락하여 북한 김일성 광장에서나 볼 수 있는 행사다. 대한민국에서도 1980년

대까지 종종 카드섹션을 볼 수 있었다. 카드섹션은 전국체전에서 진행되기도 했고, 삼성과 같은 기업에서도 자체적으로 행했다. 그러나 카드섹션은 시대의 변화와 함께 민주국가에 어울리지 않는 행사라는 비판에 직면했고, 현재는 대부분 사라진 상태다. 물론 문명국가에서 진행하기에는 부끄러움이 있을 뿐, 진행할 역량이 없는 것은 아니다. 신천지가 카드섹션을 하늘문화로 높이는 건, 참으로 우스운 일이 아닐 수 없다. 1인 독재, 전체주의, 억압, 신천지와 북한 체제의 공통점이다. '휴대폰 라이트 퍼포먼스'가 신천지에서 시작했다는 주장은 논박할 가치가 없을 정도로 황당하기 이를 데 없다.

신천지 9·18행사 / 북한 능라도 경기장

신천지는 '만국회의' 행사에 참여한 외국인들이 하늘문화를 접하고 놀라움을 감추지 못했다고 자랑한다. 그러나 실제 행사에 참석했던 해외 인사는 "관객들의 반응이 부자연스럽고 사람들이 통제에 따라 환호성을 지르고 기계적인 박수를 치는 모습을 보고 이상한 기분이 들었다"고 이야기한다. 그들의 눈에 만국회의는 독립적인 개인들이 기계 부속품처럼 움직이는 신기한 행사였을 것이다. 오직 신천지 신도들만이 이 사실을 모르고 있다. 그들이 인터넷을 비롯한 세계와의 연결을 빼앗겼기 때문이다. 신천지는 만국회의 비용 역시 교인들에게 청구했다. 행사에 필요한 물건도 노동력 착취와 특별 헌금을 통해 만들어냈다. 행사진행 요원, 통역가, 아나운서 등도 최소한의 비용만 지불받았다.

이만희 총회장이 만들어낸 전체주의 체제는 구성원들의 복장마저 철저히 통제한다. 이만희는 청바지를 '광부들이 일할 때나 입는 천박한 옷'으로 규정하고 예배 때 입는 것을 금지했다. 반바지도 마찬가지로 금지되었다. 여성 신도들은 항상 머리를 묶고 예배에 참여해야 한다. 이만희 교주가 "머리카락이 늘어진 모습이 귀신같다"고 이야기했기 때문이다. 귀걸이와 장신구도 구약에서 노예들에게 착용시켰던 물건이라며 금지시켰다. 신천지 베드로지성전 4층 건물에서는 신발을 신을 수 없다. 양말을 신고 다녀야 한다. 그래서 신천지 신도들은 항상 신발주머니를 휴대한다. 이들은 머리 염색도 금지한다. 이로 인해 신천지 신도인 사실이 드러난다며 의도적으로 몇몇 인원들에게 염색을 시키기도 했다.

신천지 신도들은 불법적인 행위를 강요받는다. 2015년 9월 18일 올림픽 공원 무단점거 사건이나 2019년 9월 11일에 있었던 수원 월드컵 경기장 무단점거 등의 사례가 있다. 문제는 이들은 이러한 행위에 대해 그 어떤 죄의식도 느끼지 않는다는 점에 있다. 이들은 땅의 법보다 하늘의 법을 우선시한다. 신천지 신도들에게 대한민국은 땅에 존재하는 국가이지만, 신천지는 하늘에 위치한 국가다. 따라서 위법적인 행위를 하면 벌금을 납부하는 등의 처벌을 받지만, 신천지 지도부의 명령에 불응하면 영원한 지옥에 간다고 믿는다.

05 신천지 7단계 전도 과정

섭외 – 첫만남 – 단계만남 – 따기 – 첫교육 – 복음방 – 센터

○ 1단계 섭외

- 개척: 지인관계 등으로 엮여있지 않는 사람을 길거리 등에서 포섭하는 방식을 뜻한다. 상부에서 내려온 할당량을 채우기 위해 급하게 진행하는 경우가 많다. 이 경우 친분 강화를 중점에 놓고 관계를 이어간다. 개척에는 길거리 설문조사, 인터넷 카페, 카카오톡 오픈채팅, 소모임 어플 등이 이용된다.
- 지인: 신천지 신도의 지인을 전도하는 걸 뜻한다. 학교, 직장, 단체에서 만난 모든 사람들이 섭외 대상이다.
- 가족: 신천지 신도의 가족을 전도하는 걸 뜻한다. 이 경우, 만반의 준비를 갖추고 시도한다. 가족에 대한 전도를 시도할 경우 신천지라는 사실이 발각될 위험성이 높기 때문이다. 따라서

가족의 정보를 다른 신천지 교인에게 넘긴 후 진행을 맡기는 경우가 많다.

- **전도 제외 대상:** 정신질환자, 전과자, 다단계, 신용불량자, 극빈층, 장애인, 환자, 군입대 예정자, 성소수자 등
- S-LINE

신천지는 앱을 통해 섭외자의 개인정보를 체계적으로 관리한다. 신천지 신도들이 가지 있는 연락처를 프로그램에 입력한 후, 전도 대상을 찾기도 한다. A의 연락처에 C가 있고, B의 연락처에도 C가 있을 경우, A와 B가 대화방을 만들어 함께 C를 전도하는 것이다. 당신의 번호를 가지고 있는 신천지 교인 3명이 가족, 친구, 직장 동료일 경우, 당신은 어디에서나 감시당하고 있는 셈이다. 이러한 행위들이 '개인정보보호법'의 구체적인 사항들을 위반하는 범죄행위임은 물론이다.

- **텔레그램/네이버 라인 대화방**

전도 대상자가 직접 마주하는 인원은 '인도자', '섬김이', '교사' 정도다. 그러나 그를 전도하기 위한 텔레그램 대화방에는 전도교관, 인도자/섬김이의 구역장, 전도팀장 등이 추가로 포함되어 있다. 이들 6명은 1명을 속이기 위한 회의를 상시적으로 진행한다. 섭외자가 한 모든 말과 행동이 이곳에서 공유됨은 물론이다.

○ 2단계 첫만남

'첫만남'은 전도 대상자에 대한 정보 수집을 중점에 두고 진행한다. '섭외자 파악리스트'에 기재되어 있는 내용들을 자연스럽게 대화 소재로 이용한다. 이를 파악하기 위한 멘트도 체계화되어 있다. 전도 대상자는 아무런 의심 없이 자신의 정보를 인도자에게 알려준다. 그날 밤, 텔레그램 대화방에 '만남 보고'가 이루어지고, 참가자들은 다음 만남에서 무엇을 할지 논의한다.

스텝 체크 리스트
이름:
지인/개척:
STEP1
첫만남
꾸준연락
차후만남
STEP2
결격사유파악
환경 시간
고민관심사
인성
상담사소개
STEP3
신앙여부
영/신 믿는지
단시비
상담사 투입
뱀파악
STEP4
주3회약속
입막음
단시비멘트
STEP5
따기예정일

섭외자찾기양식

대상자 기본정보
성명 :
성별 :
나이 :
생일 :
혈액형 :
결혼유무:
섭외유형:
취미나특기:
고민 :
관심사 :
연락처 :
집주소 :
학교 :
종교 :
교회이름 :
신앙년수 :

섭외자 환경
- 가족현황(동거유무) :
- 경제력 :
- 직업 :
- 시간 :
- 1년내이동계획 :
- 군대갈계획 :
- 주변친한사람 :

인성파악
-약속에대한개념부분 :
-에니어성향 :
-잠수유무 :
-가정환경파악
(부모님성향。친분도)

신심파악
- 신이있다고생각하는가?
- 영혼이있다고생각하는가?
- 천국과지옥을믿는가?
- 변화하고자 하는마음은 있나요?

걸림사항
-이단경계심 :
-신천지아는정보 :
-신천지전도방법아는정도:
-과거성경공부유무:
-침요소 :
-입막음은되었나요?

인관교컨셉。친분도。신뢰도
인도자 :
관리자 :
상담사 :
교사 :

○ 3단계 단계만남

몇 차례 만남을 가지면 '교사'가 투입된다. 교사의 컨셉은 전도 대상자에 맞추어 정한다. 선교사, 직업상담사, 심리상담사, 교회 간사 등이 일반적이다. 교사 투입은 인도자 혹은 섬김이의 소개로 이루어지기도 하지만, 섭외자와 함께 거리를 걷던 중 우연히 만나는 컨셉 등을 포함해서 다양한 방식으로 치밀하게 진행된다.

<교사과제>

1. 교사 컨셉
-생활 컨셉
`하는일(어떻게 돈버는지?).
`상담사(간사, 선교사)가 된 간증.
`왜 무료로 하는지?.
`집안환경.
`교사의 생활적 비젼.

-신앙 컨셉
`교회 다니는지(위치/사명).
`왜 성경으로 하는지(간증or설명)?.
`추가 신앙간증.
`왜 교회 밖에서 말씀을 가르치는지?.
`집안 신앙환경.
`교사의 신앙적 비젼.
`교회 목사님 성향, 설교스타일.
`교회 스타일.
`좋아하는 성구, 설교스타일.

○ 4단계 따기

전도 과정에서 섭외자는 '열매'라고 표현된다. 이때 섭외자가 성경공부에 참여하게 되는 것을 '열매를 딴다'고 표현한다. 처음에는 자기계발, 심리상담, 인문학코칭 등 대화의 끝은 결국 성경으로 이어진다. 이때부터 주 3회 교육을 진행한다.

- 입막음

신천지는 이 단계부터 섭외자에게 입막음 교육을 실시한다. 보통 "좋은 뜻으로 무료 상담을 많이 해주었는데 이단으로 오해하는 사람들이 있어서 힘들었다. 주변 사람들에게 이야기하지 말아달라"
고 부탁하는 식이다.

- 환자 만들기

섭외 과정에서도 '환자 만들기'가 이용된다. 인도자가 섭외자의 단점을 미리 교사에 전달하고, 교사가 마치 점쟁이라도 된 양 섭외자의 단점을 날카롭게 지적한다. 이후 단점들을 개선할 수 있는 '교육'을 제안한다.

○ 5단계 첫교육

열매를 따는 과정이 마무리되면, 본격적인 성경공부가 시작된다. 첫교육 때는 조심스럽게 반응을 살핀다. 불편해하는 지점, 교사와의 관계, 성경에 대한 반응 등을 내밀하게 파악한다. 교육 전후로 관련자들이 열매와의 만남 '전중후' 문건을 작성하여 윗선에 보고한다.

○ 6단계 복음방

주 3회에 이르는 복음방 교육이 익숙해지도록 만든다. 이때가 되면 '섬김이'까지 투입된 상태로, 1:3으로 모임을 한다. 열매가 센터 등록 기준에 부합할 때까지 교육을 진행한다. 친분 강화를 위해 손편지를 건네거나, 함께 여행을 다녀오기도 한다. 복음방 과정에서 미리 센터 7개월 과정이 기다리고 있다고 이야기하여, 장기적인 일정을 잡지 못

하도록 유도한다. 이때 인도자와 섭외자가 일생일대의 기회를 마주한 것처럼 분위기를 만든다.

- 은사치기

복음방, 센터, 신천지 중단 의사를 밝히고, 더 이상의 대화가 불가능해진 시점에서 사용된다. 대상자와 동등한 입장에 있는 사람들이 특정 장소로 대상자를 불러낸다. 이후 대상자와 일면식이 없는 신천지 교인이 악담을 퍼붓고 돌아선다. 은사치기를 진행할 때면, 복장부터 외모까지 여러 조건들을 면밀하게 검토한다. 불교, 기독교, 점쟁이 등 컨셉도 회의를 통해 정한다.

○ 7단계 센터

복음방 교육 횟수를 어느 정도 채우면, 교사가 열매에게 '신학원', '아카데미', '스쿨'이 있다며 거기 들어가서 더 본격적인 성경공부를 진행하자고 제안한다. 이후 열매와 함께 센터에 방문하여 열매가 개인정보를 제출하도록 유도한다. 며칠 후, 전도사가 '인섬교'를 대상으로 면접을 실시한다. 전도사는 그 이후에야 인도자, 섬김이, 열매를 불러 면접을 진행한다. 전도사는 그 자리에서 월 1만원 시설 이용요금을 안내하고, 섭외자가 스스로 수강에 대한 의지를 피력하도록 분위기를 조성한다.

교사는 센터에 합류하지 않으며, 인도자와 섬김이는 센터 과정에서는 '잎사귀'로 통용된다. 센터는 초등과정 4개월, 중등과정 2개월, 고등과정 1개월로 구성되어 있다. 월, 화, 목, 금, 주 4회 오전반 9시 30분~1시 혹은 오후반 6시 30분~10시 수업이 있다. 최근에는 주 3회로 횟수를 변경하고 기간을 늘리는 등, 다양한 시도를 하고 있다. 잎사귀가 분위기를 조성하고, 간식을 준비하는 등 수강생을 지원한다. 토요일에는 보강수업을 명목으로 수강생을 불러낸다. 강의와 관련된 영화나 영상자료를 함께 시청하거나 기성 교회를 탐방하고 오라는 과제를 내주기도 한다. 센터는 100명~200명 정도의 사람들이 동시에 수업을 듣는 곳이다. 물론 과반수는 신천지 신도들이다. 센터 과정에서는 '말씀을 훔쳐가는 사람이 많다'며 필기노트와 성경을 집에 가져가지 못하게 한다.

만남보고양식

섭외자 :
일시 :
1. 만남전 피드백 내용

2. 만남에 따른 결과

3. 결과이외의 추가사항

BB보고

*교육일: 2016.01.
*섭외자이름:
*인/섬/교:
*신앙여부(휴/무/신-교회):
*총교육횟수/제목: 회/
*교육장소:
*다음교육날짜:

복음방 전:

복음방 중:

복음방 후:

*환경걸림요소 (센터수강시걸림요소):

기도문 :

센터 보고

수강일자 :
수강생 이름 :
인/섬/교 :
강의제목 :

센터 오기 전 일과 :

보강 수업 반응 : 긍정/부정

1교시 강의 반응 : 긍정/부정

2교시 강의 반응 : 긍정/부정

걸림 사항 :

기도문 :

신천지는 센터 중등과정이 마무리되는 시점에서 본인들이 신천지라는 사실을 공개한다. 이어 옆에 있는 잎사귀 두 사람과 교사가 기성 신천지 신도라는 사실도 알려준다. 이를 'S를 풀다', '인섬교를 풀다'라고 말한다. 대부분의 수강생들은 정신적 충격에 빠져든다. 설상가상으로 함께 수업을 듣던 잎사귀들이 더 이상 센터에 출석하지 않는다. 강사와 전도사는 수강생들에게 고등과정 수정을 진행하며 의존할 대상으로 '계시록'과 '구원'을 제시한다. 곧 센터 7개월 과정이 마무리되고, 수강생들은 정신 신천지 신도가 된다.

○ 신천지 내부 용어

S: 신천지를 지칭할 때 사용하는 은어

인도자: 전도를 진행하는 사람

섬김이: 전도 보조하는 사람

교사: 복음방 단계에서 성경을 가르치는 사람

열매: 전도 대상자

이방인: 신천지 신도가 아닌 자

바벨교회: 일반교회

개, 돼지: 신천지에서 탈퇴한 사람, 기성교회의 목회자

뱀: 대적자

신뱀: 신현욱 전 교육장(2006년 신천지 일탈)

산 옮기기: 기성 교회에 추수꾼들을 침투시켜 교회를 빼앗는 작업

특전대: 전도활동을 위해 결성되는 특수부대

선교 교회: 위장교회

모략: 거짓말, 속임수

큰집: 신천지 교회

식구: 신천지 교인

추수꾼: 추수밭(기성 교회)에 잠입하는 공작원

승리의 V: 엄지와 검지로 V 모양을 만드는 것으로 신천지임을 상징

제5장

신천지,
전남대 선거에 개입하다

- 김동규

01 2016년, 그날 이후

2016년 6월 25일, 광주청년유니온 정기총회가 열렸다. 나는 청년세대별 노동조합 광주청년유니온에서 4기 기획팀장으로 일하게 되었다. 명예훼손 사건 관련 검찰 조사를 앞두고 도움을 주었던 문정은이 활동을 권유했다. 며칠 뒤, 나는 검찰로부터 김동규에 대한 정보통신망 이용촉진 및 정보보호 등에 관한 법률상 명예훼손 사건이 '무혐의'로 종결되었다는 서면을 받았다. 그날 이후 나는 정당, 노동조합, 시민단체에서 활동했다. 정의당에서 광주광역시당 부위원장과 청년학생위원장을 맡았었고, 특성화고 현장실습생들의 권리를 위해 활동하고 있던 시민단체 광주청소년노동인권네트워크에서 사무국장으로 일하며 중학교, 고등학교, 대안학교 등에 노동인권 강연을 하고 다녔다.

그해, 광주청년유니온은 지역에서 열성적인 활동을 전개했다. 우리는 들불열사기념사업회와 합수 윤한봉 기념사업회가 입주해있는 작은 도서관 '오월의 숲'에 자주 왕래했다. '들불열사기념사업회'는 1970년대 후반, 노동야학인 '들불야학'에서 강학으로 활동하던 중, 5·18 민중항

쟁을 전후로 세상을 떠난 박기순, 윤상원, 박용준, 박관현, 김영철, 신영일, 박효선 일곱 사람을 기리고 있다. 그들은 야학 운영에 있어, '교사'와 '학생' 대신, '강학'과 '학강'이라는 단어를 사용했다. 강학, 가르치면서 배운다는 뜻이고 학강, 배우면서 가르친다는 의미이다. 파울로 프레이리의 저서 〈페다고지〉에서 비롯된 세계관이었다. 해당 저서는 가르치는 자와 배우는 자가 동등한 주체로서 만날 때, 교육은 자유의 실천이 된다고 주장했다. 신천지에서의 일방적 교육과는 정반대의 의미를 내포하고 있었다. 나는 '오월의 숲'에서 들불야학을 창시한 박기순을 만났다.

1975년, 박기순은 전남대학교 국사교육과(현 역사교육과)에 입학한 이래 학생운동과 노동운동에 투신했다. 그는 동료 전남대 활동가들에게 전설적인 선배였던 박형선의 여동생이었다. 박형선은 1974년 민청학련 사건의 주역으로, 박정희 정권이 긴급조치 4호를 발표하고 민청학련 관련자들에게 자수를 요구했음에도, 이에 굴하지 않고 전남대 농과대학으로 달려가 유인물을 배포했다. 그는 곧 경찰에 의해 체포되었다. 그러나, 박기순은 스스로는 단 한번도 박형선에 대한 이야기를 꺼내지 않았다. 이를 의아하게 여긴 동료 활동가가 그 이유를 묻자, 박기순은 "어떤 일을 해도 스스로의 힘으로 해야지, 누군가의 동생이라는 걸로 하고 싶지는 않다"고 답했다. 1978년, 박기순은 학내 시위를 주동하여 학교에서 제적당했다. 그는 굴하지 않고, 광주 지역 최초의 위장취업자로서 공장에 들어갔다.

얼마 후, 박기순은 몇몇 활동가들과 함께 들불야학을 만들었다. 나는 박기순과 윤상원의 영혼결혼식 '넋풀이'에서 처음 공개되었다는 임을 위한 행진곡은 알고 있었지만, 박기순에 대해서는 잘 모르고 있었다. 나는 그에게서 인간의 주체성이 무엇인지 배웠다. 여전히 꼬리를 물고 이어지던 신천지에 대한 고민이 정리되는 느낌이었다. 신천지는 '세상 생각을 버려야 한다'고 가르쳤다. 그러나 인간은 오직 스스로 생각하여 주체로서 살아가야 한다. 그것을 깨닫고 나니, 마음이 한결 가벼워졌다. 나는 오월의 숲에서 '들불지기'로서 매년 5·18 캠프를 진행하고 있던 '김설'을 만났다. 나는 광주 지역 대학생 대안언론 '미디어 봉지'의 영상컨텐츠에 몇 차례 출연한 후 그들과도 가깝게 지냈다.

2016년 10월 말, 광주공원 앞에 있는 포장마차에서 김설과 몇몇 광주청년유니온 조합원들과 함께 술자리를 가졌다. 그 자리에서 김설이 11월로 예정되어 있는 전남대학교 총학생회 선거에 출마하겠다는 포부를 밝혔다. 갑작스러운 일이었다. 그는 "어제 혼자서 생각해봤는데, 문득 얼마 남지 않은 학교생활을 재미있게 보내고 싶다"는 생각이 들었다고 했다. 그는 축제를 재미있게 진행하는 총학생회를 만들고 싶다고 했다. "고래가 너에게 말한다. 천천히 살자"를 좌우명으로 삼고 있는 김설다웠다.

이것이 최소 2년간 전남대학교 학생사회를 뒤흔든 일대 사건의 시작이었다. 나는 김설에게 '미디어 봉지' 활동가들을 소개시켜주었다.

그들은 함께 선거 준비를 진행하기 시작했다. 얼마 후, 김설 후보가 조직한 '너에게' 선본이 전남대 총학생회 선거에 출사표를 던졌다. 전남대 총학생회는 5년 전부터 단일 파벌에 의해 운영되어 왔기 때문에, 재학생들 사이에서도 경선에 대한 기대감이 높았다.

2016년 11월 4일, 전남대학교 총학생회 선거에 출마한 김설 후보가 학내 곳곳에서 '거지 퍼포먼스'를 진행했다. 중앙선거관리위원회가 후보 측이 중선관위에 지급해야 하는 선거공탁금과 공보물 비용으로 405만원을 제시했기 때문이다. 중선관위가 제시한 405만원은 광주 북구의원 선거 기탁금 200만원, 조선대학교 총학생회 선거 기탁금 150만원 등과 비교해도 터무니없이 높은 금액이었다. 전남대학교 재학생이 학생들의 대표자가 되기 위해 선거에 출마할 때, 공탁금과 공보물에만 400만원 넘는 돈을 마련해야 한다면, 선거비용을 감당할 재력(財力)이 없는 후보의 출마는 자연스럽게 억제된다. 김설 후보의 퍼포먼스는 일반적인 대학생이 감당할 수 없는 공탁금이 제시되는 불합리한 선거제도에 대한 비판이었다. 미디어 봉지 활동가들이 분장과 영상촬영에 힘을 보탰다.

김설 후보의 퍼포먼스는 전남대 학생사회에 상당한 반향을 불러일으켰다. 11월 8일 KBS 광주방송 9시 뉴스에 '총학선거 비용 최대 4백만원, 부작용 우려'라는 제목으로 김설 후보의 퍼포먼스와 주장이 보도되기도 했다. 전남대 중앙선거관리위원회는 KBS 보도를 접한 직후

선관위 5차 회의에서 관련 내용을 논의했다. 이 자리에서 중선관위는 상식적으로 납득하기 어려운 결정을 내렸다. 2016년 11월 9일, 전남대학교 중앙선거관리위원장 박○○는 '너에게' 선본의 김설, 정태준 후보에게 '후보자 자격 박탈 징계'를 통보했다. 중선관위는 공문을 통해 "KBS 9시 뉴스의 보도 내용이 사실관계 여부를 떠나, 인터뷰를 진행한 목적과 의도를 떠나 중선관위에 대한 명예훼손"이라며 "참석자 8명 전원의 찬성으로 후보 자격 박탈 징계를 결정했다"고 밝혔다. 중선관위는 절차에 따라 재심의를 진행한 후 자격 박탈 징계를 확정지었다.

이 소식을 접한 학내 여론은 싸늘하게 식었다. 불합리한 선거제도에 대한 문제제기를 진행하자, 선관위가 아예 후보자의 자격을 박탈해버린 초유의 사태였다. 중선관위는 전남대학교 선거시행세칙에 명시되어 있는 '금지사항 – 중앙선거관리위원회에 대한 명예훼손'을 근거로 제시했다. 그러나 현재 대한민국에서 실시되는 그 어떤 선거에 출마해도 선관위 명예훼손을 이유로 후보자 자격이 박탈되는 일은 발생하지 않는다. 전남대학교 선거시행세칙에 이러한 독소조항이 존재하는 것은, 전년도 총학생회 간부들로 구성되는 선관위를 보호하고, 기존 세력의 기득권을 공고히 하기 위해서가 아닐 수 없다. '사실관계 여부를 떠나, 인터뷰를 한 목적과 의도를 떠나 명예훼손'으로 판단했다는 중선관위의 주장은, 자신들의 결정이 자의적이었음을 실토함과 다르지 않았다. '너에게' 선본은 즉시 '총학생회 선거 보이콧'을 선언했다. 2016년 11월, 전남대학교 총학생회 선거는 역사상 처음으로 학생들의 자발적인 선거

불참으로 무산되었다. '너에게' 측은 보이콧 운동 과정에서 새롭게 선본에 합류한 사람들과 함께 재선거를 준비하기 시작했다.

2017년 2월 20일, 광주지방법원은 '너에게' 선본 측이 법원에 제출한 '후보자자격박탈 효력 금지 가처분신청'에 대해 인용판결을 내렸다. 광주지법은 "이들의 인터뷰는 명예훼손에 해당하지 않기 때문에 후보자 자격을 박탈할 정도의 위반 사유로 볼 수 없다"고 판시했다. 전년도 중선관위의 '떼쓰기'가 전남대학교를 비웃음거리로 만드는 순간이었다. 결국, 중선관위를 명예훼손했다며, 후보자의 자격을 박탈한 민주주의 파괴행위는 무효로 일단락되었다.

2017년 3월, 전남대학교 중앙선거관리위원회가 4월 4일 재선거 실시를 공고했다. 중선관위는 '너에게' 선본이 재선거에 출마할 수 있다고 판단했다. 세칙상 전년도 선거를 완주한 다른 선본 후보들은 재선거에 출마할 수 없지만, 해당 선거를 완주하지 못한 '너에게' 선본 측의 재선거 출마는 가능하다는 해석이었다. 지난해에 있었던 보이콧 운동으로 일정한 세력을 형성한 '너에게' 선본 측은 즉시 선거 준비에 돌입했다. 당시 '너에게' 측이 지향했던 방향성은 아래와 같았다.

나는 수많은 '나'에게 말하고 싶어. 우리 함께하자고 말이야. 다양한 친구들을 만나고 그 친구들과 무언가를 해볼 수 있게, 혹은 진짜 내 문제가 뭔지 알고 대학에서만큼이라도 그 문제를 함께 해

결해 나갈 수 있게, 내가 잠시 대학에 머무는 4년이라는 시간이 헛되지 않게 함께 목소리 내자. 혼자라면 할 수 없는 일을 함께 이루어가 보자. 수많은 '나'들아, 너에게 말하고 싶어. 모두가 안 된다고 얘기하지만, 너가 손잡아 준다면 난 포기하지 않을 거야.

- 열린 만남, 총학의 재구성 '너에게' 선본 -

'너에게' 측은 열린 만남을 추구했다. 전년도 선거 당시에도 각각 사범대학, 자연대학 학생회장 출신의 다른 후보들과 달리 조직적 기반을 완비하지 못한 채 선거에 나섰기 때문에, 새롭게 선거에 함께해 줄 사람들이 필요했다. 다행히 보이콧 운동의 영향으로 많은 학생들이 '너에게' 선본과 뜻을 함께하기 위해 모여들었다. 그러나 '너에게' 측이 지향한 열린 만남은 결과적으로 천려의 일실이 되어버렸다.

02 흔들리는 선거운동본부

2017년 3월, '너에게' 측은 '인디'로 선본명을 변경했다. 이들은 총학생회 선거에 김설 정후보, 정지은(가명) 부후보를 내보냈다. 2017년 총학생회 재선거에는 '이거레알' 선본과 '아는총학' 선본도 추가로 출마했다.

'인디' 측은 전년도와 달리 총여학생회 선거에도 고영경(가명) 정후보와 박지희(가명) 부후보를 출마시킬 수 있었다. 이들은 '악녀'(樂女)라는 선본명을 내걸고 선거에 나섰으며, 총여학생회는 지난 2년간 출마자가 없어 공석이었다. 이어 단과대학에서도 경영대학 학생회장 선거에 조민우(가명) 정후보, 황법량 부후보가 출마했다. 곧 선거운동이 시작되었고 '인디' 측은 전년도 보이콧 운동을 성공시킨 김설 후보의 영향으로 사실상 당선될 가능성이 가장 높은 후보였다.

그러나 선거운동이 한창 진행 중이던, 2017년 3월 28일, 전남대학교 대나무숲에 한 건의 충격적인 제보가 올라왔다. '인디' 선본 내부에 신천지 신도들이 있다는 증언이었다. 해당 주장은 큰 논란이 되었다. 정확한 상황을 파악할 수 없던 학생들은 이것이 '인디' 선본에 대한 공격인지, 아니면 실제로 신천지 신도가 선본에 포함되어 있는 것인지를 놓고 거센 논쟁을 벌였다. '인디' 선본 구성원들도 신천지로 지목된 후보자들에게 "신천지 신도라면 진실을 밝혀달라"고 추궁했다. 그러나 신천지로 지목된 총여학생회 고영경, 박지희 후보는 눈물을 보이며 "나는 절대 신천지가 아니라"고 억울함을 호소했다. 그들은 심지어 이만희 교주에 대한 욕을 하며 자신들의 결백함을 주장하기도 했다. 결국 선본 구성원들은 잠시나마 의심의 마음을 거두었고, 총여학생회 후보들과 선본원들이 서로 끌어안고 눈물을 흘리기도 했다. "의심해서 정말 미안해 잘못했어", "아니야 괜찮아"라는 이야기가 오갔다.

그러나, 2017년 3월 30일, 전남대학교 중앙선거관리위원회는 신천지 관련 증인들을 회의에 참석시켰으며, 회의록을 통해 총여학생회 선거에 나선 고영경, 박지희 후보가 신천지 소속이라는 구체적인 증언을 공개했다. 곧이어, '인디' 선본 부후보 정지은과 경영대학 학생회장 후보 조민우 역시 신천지 신도라는 사실이 드러났다. '인디' 선본 측 후보자 정지은, 고영경, 박지희, 조민우 네 사람이 신천지 소속으로 드러난 초유의 사태였다. 이들 4명은 '너에게' 측이 선본을 새롭게 구성할 때, 장수경(가명)의 소개를 받고 선본에 합류한 사람들이었다. 이 사실을 파악한 김설과 핵심 선본원 2명이 마지막으로 장수경을 찾아갔다. 김설은 장수경에게 "제발 솔직하게 말해 달라"고 했다. 그러나 장수경은 매우 차분한 태도로 다음과 같이 답변했다.

"나는 김설 네가 신천지 교회에 들어가는 걸 봤다는 이야기도 들었다. 그렇지만 나는 그런 이야기를 들어도 너희 앞에서 신천지 이야기는 단 한번도 꺼내지 않았다. 오히려 내가 너한테 물어봐야 하는 질문인데 어떻게 나한테 이럴 수가 있니?"

이 이야기를 들은 김설과 선본원들은 머리가 어지러워질 정도로 당혹감을 느꼈다. 그들은 이 이야기를 듣고서야 장수경이 신천지라는 사실을 확신했다. 더 조사해보니, 신천지 신도로 드러난 후보자들이 사석에서 장수경을 '부장님'으로 호칭하는 걸 들었다는 다수의 증언을 확보할 수 있었다.

지난 2016년 11월, '너에게' 선본 측이 선거 보이콧 운동을 진행하자, 학내 활동가 그룹이 선본에 합류하기 시작했다. 장수경은 후발주자로 선본에 합류한 사람이었다. 당시 '너에게' 측으로 많은 사람들이 모였지만, 선거에 직접 출마하겠다는 사람은 한정적이었다. 돌이켜 생각하면 의아한 일이지만, 이 상황에서 몇몇 사람들이 적극적으로 선거 출마 의사를 밝혔는데, 결국 그들은 모두 신천지로 밝혀졌다. 신천지 소문이 일파만파로 확산되어, 다른 선본원이 카카오톡 채팅방에 "혹시 선본원 중에 정말로 신천지가 있는 건 아니겠죠?"라는 카톡을 올린 적이 있었다. 당시 장수경은 채팅방에 "너잖아 ㅋㅋㅋㅋㅋ"라는 메시지를 보냈다. 이는 농담처럼 보이는 메세지였지만, 관련 의혹에 대한 논의를 사전에 차단하기 위한, 의도를 담고 있던 '물타기'였다. 신천지 신도들은 누군가를 속이는 것을 비롯하여, 잘못된 행동을 행함에 있어 일말의 양심의 가책도 느끼지 않았다. 당시 총여학생회 선본 카톡 내용 일부를 살펴보자.

〈총여학생회 선본 카톡 내용〉

– 2017년 3월 29일 수요일 오후 12시 40분

[선본원 A] 신천지 질문 나왔어요?

[신천지 고영경] 네

[신천지 고영경] (인디 선본이) 신천지라는 말이 있다고 질문 나왔어요.

[신천지 고영경] 저희는 아니라고 대답했어요.

[신천지 박지희] 마지막에 선관위원장이 각 선본들에게 학우분들께 하고 싶은 말 있으면 하라고 하더라고요.

[선본원 A] 저희는 뭐라고 말했어요?

[신천지 박지희] 요새 선본원 B가 리플렛 나눠주다 보면 신천지 총여 아니냐는 이야기 듣는데, 저희는 신천지 아니라고 했어요.

[신천지 박지희] 이건 유언비어, 흑색선전이다, 각 선본에 증거가 주어지게 되면 우리는 사퇴까지 생각하고 강력

히 법적 대응하겠다.

[신천지 박지희] 라고 했어요.

[선본원 B] 굿

[신천지 박지희] 쟤네 진짜 짜여진 각본…

[신천지 장수경] 옛날에 영경이가 아는 그 신천지 상담가? 그 사람 연락해볼 수 없을까? 번호 있어?

[신천지 고영경] 있으면 번호 줘봐

[신천지 고영경] 2년도 더 돼서 폰 바꾸면서 사라졌어요ㅠㅠㅠ

[신천지 고영경] (스크린 샷) 캡처해 두었는데, 그것도 사라졌고요.

[신천지 장수경] 나도 타로나 보러 가야겠어요.

이들에게는 인간으로서 갖추어야 할 최소한의 죄의식과 염치가 없었다. 2017년 전남대 총학생회 선거 당시 신천지 베드로지파 장수경 부장을 통해 신천지 신도들이 집단적으로 선본에 합류한 점으로 미루어, 신천지 세력이 전남대 총학생회 선거에 조직적으로 개입하려 했음이 명백하다. 당시 '인디' 선본원들은 이들이 신천지 소속이라는 사실을 전혀 예상하지 못하고 있었다. 여러 사람이, 이 정도로 의도성을 가지고 타인을 기만할 것이라고 생각하는 건 어려운 일이다.

2017년 3월 30일, '신천지 개입 사태'로 더이상의 선거 진행이 불가능해진 '인디', '악녀' 선본 및 경영대학 황법량 부후보는 사퇴문을 발표하고 전남대학교 구성원들에게 사과했다. 내부 조사를 통해 신천지 신도들을 모두 파악했지만, 그들은 이미 선본을 빠져나가, 연락이 닿지 않던 상황이었다. 김설을 비롯한 신천지와 전혀 무관했던 '인디' 선본 구성원들은 이들로 인해 전년도 11월부터 지속해왔던 변화의 발걸음을 멈춰야 했다. 가장 유력했던 '인디' 선본의 사퇴 이후 다른 두 선본은 선거를 완주했다. 2017년 4월 4일, 2017학년도 전남대학교 총학생회 재선거는 연장투표를 포함하여 3일에 걸쳐 진행되었지만, 투표율 미달로 무산되었다. 전남대학교 학생사회에 큰 타격을 준 장수경, 정지은, 고영경, 조민우, 박지희 다섯 사람의 이름은 이러한 방식으로 역사에 남게 되었다.

몇 년 후, 2017년도 전남대 총학생회 재선거에 '신천지 세력'이 개입한 사실이 인터넷 등을 통해 널리 퍼지자, 장수경은 본인이 신천지 신도라는 사실을 인정했다. 그는 "제가 신천지 신도라는 사실을 이미 대부분이 알고 있고, 지금은 안 다닌다고 말하는 것도 아니니, 굳이 부정적인 글과 연계하지 말아달라"고 요구했다.

03 신천지, 학생사회를 무너뜨리다

신천지 베드로지파는 전남대학교 뒷편에 '베드로지성전'이라는 거대한 건물을 건축하여 예배당으로 사용하고 있다. 절반을 건축하는데 270억이 들었으니, 전체 건축비용만 500억원을 훌쩍 넘겼을 것이다. 신천지 베드로지파는 1990년대부터 전남대학교를 전도의 교두보로 활용해왔다. 신천지 신도들은 짜맞추어진 교리를 통해 그릇된 도덕관을 내면화하도록 교육받는다. 그중 가장 문제가 되는건, '속이듯이 전도하라'는 주장이다. 이들은 전도 대상자와 어느정도 친분을 형성한 후에야 '성경공부'를 제안한다. 이후 점진적으로 성경공부에 더 많은 시간을 할애하게끔 만든다. 이들은 7개월 간의 교리 공부가 끝날 때가 되어서야, 자신들이 신천지라는 사실을 밝힌다. 2017년 기준 전남대학교에 재학 중인 신천지 신도는 약 1,280여 명이었다. 그들은 전남대 1부~8부에 배속되어 활동했다. 그들의 전도 데이터는 역시 매일 상부에 보고되었다. 그 일부를 살펴보자.

〈전남대 1~8부 전도 일일현황〉

2017년 4월 6일 - 섭외 144명, 첫만남 70명, 단계만남 50명

2017년 4월 7일 - 섭외 110명, 첫만남 36명, 단계만남 55명

2017년 4월 8일 - 섭외 162명, 첫만남 294명, 단계만남 272명

2017년 4월 둘째 주, 주간통계

- 섭외 642명, 첫만남 426명, 단계만남 579명

2017년, 전남대에 재학 중이던 신천지 신도들은 매주 500명이 넘는 사람들을 만났다. 물론 그들은 대부분 전남대 재학생들이었다. 전남대 학생사회는 이들의 거짓말로 인해 완전히 파편화되었다. 학생들은 새로 친분을 쌓은 사람이 혹시 신천지 신도는 아닌지, 의심해봐야 하는 상황에 이르렀다. 신천지의 거짓말로 인해, 많은 사람들이 삶과 시간 그리고 감정의 영역에서 깊은 상처를 입었다. 몇몇 대학을 제외하고는, 대부분 대학이 비슷한 상황에 놓여있다.

신천지는 파시즘에 있어 가장 중요한 요소들을 갖추고 있다.

첫째로, 이들은 이념적으로 '완결된 세계관'을 갖추었다. '비유풀이', '천국 말씀의 비밀'과 같은 신천지 교리는 이만희의 영생과 14만4천 제사장의 탄생이라는 뚜렷한 결말을 가지고 있다. 본래 성경을 제대로 이해하기 위해서는 학술적인 접근은 물론, 시대적인 맥락을 비롯한

다양한 것들이 고려되어야 한다. 그러나 이들은 마치 수학문제를 풀 듯, 미리 정해둔 결말을 맞추어낸다.

둘째로, 이들은 '대규모 집회', '정신적 지도자의 존재', '외부의 적'을 비롯한 '감정 고조 장치'를 갖추고 있다. 이들은 매년 '만국회의 기념식'을 개최한다. 20만 명에 달하는 신천지 신도들이 잠실운동장에 집결하여 세력을 과시하는 행사다. 이만희 교주의 발언들은 신천지 내부에서 '하늘누룩'이라 불린다. 교주의 어록은 성전에서 무릎을 꿇은 상태에서만 읽을 수 있다. 기성 교단이라는 '적'의 존재는 신천지 구성원들을 철저하게 단결시킨다.

마지막으로, 이들은 인간을 도구화한다. 이들은 전도 과정에서 "세상 생각은 죄다 버려야 한다", "너는 하나님이 휘두르실 도끼다"라는 식의 정신교육을 하여 개인의 자아를 줄이고, 도덕적 기준을 무너뜨린다. 신천지는 전도 대상자의 자아가 박멸된 자리에, 집단의 자아를 주입한다. 세상에는 일반적으로 용인되어서는 안 되는 행위들이 있다. 사람을 죽이는 것, 무고한 타자를 모함하는 것 등이 그것이다. 그러나 신천지의 도구가 된 사람들은 이렇게 반문한다.

"왜 거짓말을 하면 안 되죠? (하나님의 일인데)"
"왜 사람을 죽이면 안 되죠? (하나님의 일인데)"

우리는 나치즘이라는 자체적인 결말을 내포한 세계관을 지니고, 매년 뉘른베르크에서 전당대회를 개최하며, 히틀러라는 정신적 지도자와 유대인이라는 적의 존재를 통해 인간을 도구화한 정치집단, '나치'를 알고 있다. 물론 신천지가 거기까지 할 수 있을 것이라고 생각하지는 않는다. 그러나 신천지는 언제든 극단적인 행동에 나설 위험성을 내포하고 있다. 이들에게는 브레이크가 없기 때문이다.

일례로, 광주에서 신천지와 관련된 활동을 꾸준히 해왔던 송민규(가명) 사건이 있다. 2004년, 신천지 베드로지파 신도 6명이 송민규 씨를 강제로 차에 태워 납치한 후, 광주호, 전남 담양 등 인적이 드문 곳으로 끌고 가서 폭행한 사건이 있었다. 그들은 송민규 씨의 얼굴을 주먹으로 마구 구타했고, "묻어버리겠다. 여기서 끝내자"고 협박했다. 그의 표현의 자유를 억압하기 위해서였다. 2013년에는 송민규를 미행하던 신천지 교인이 경찰에게 체포되는 사건도 있었다. 베드로 지파는 '국정원'에 해당하는 내부 부서인 섭외부에 송민규 전담반을 두고, 현재까지도 감시를 이어오고 있다. 그들은 이러한 행위를 '하나님을 위한 일'이라고 믿고 있다. 그러나 목적을 위해서라면 그 어떤 수단마저 절대자의 이름으로 옹호하는 신앙은 그 자체로 죄악이 아닐 수 없다. 나는 이들이 숨기고 있는 극단성과 맹목성이 소름끼치도록 두렵다.

제6장

신천지와 사회

01 신천지, 그들의 역사

신천지예수교 증거장막성전, 일명 '신천지'는 1984년 3월 14일에 이만희 교주가 창설한 사이비 종교다. 신천지 정식 설립은 1984년이지만, 이만희는 1980년 9월 14일을 신천지 설립 기점으로 한다. 이만희는 1931년 경상북도 청도에서 출생했다. 그는 이십 대 중반이던 1957년 유전질환 치료를 위해 박태선의 전도관에 합류하여 10여 년간 활동했다. 본인의 주장에 따르면, 그 이전에는 육군 하사관으로 6·25 전쟁에 참전했다고 하지만, 확인된 바는 없다.

1967년, 이만희는 전도관을 나와 유재열의 장막성전에 합류했다. 장막성전은 현 경기도 과천시에서 집단으로 생활하던 사이비 종교였다. 이만희 교주는 신천지 예배에서 "나는 장막성전에서 맞으면서 공부했다"고 이야기할 정도로, 나름 장막성전의 계보를 인정하고 있다. 신천지 교리는 장막성전의 교주 유재열을 배도자로 규정한다. 1969년, 장막성전이 제시한 종말론이 불발된 후 교주 유재열이 재산을 정리하여 미국으로 떠났고, 현재까지 평범한 사업가로 살아가고 있기 때문이다. 1972년, 장막성전을 이탈한 이만희는 또 다른 사이비 교주 구인회가 창설한 천국복음전도회에 들어가 열두 지파장 중 한 사람으로 활동했다. 그것도 잠시, 얼마 후 구인회는 사기 혐의로 구속되었고, 감옥에서 사망했다.

그러나 이만희는 끝끝내 종말론을 포기할 수 없었다. 그는 자칭 재림주 목영득과 백만봉을 차례로 섬기며 신앙생활을 이어갔다. 1980년, 백만봉이 3월 13일 종말론을 주장하며 과천에서 '휴거'를 맞이하자고 했다. 휴거는 '예수 재림'으로 인해 인간의 육체에서 영혼이 빠져나가 하늘로 올라감을 뜻한다. 백만봉의 말을 들은 신도들이 한자리에 모였지만, '종말'은 커녕 아무 일도 일어나지 않았음은 물론이고, 심지어 교주 백만봉은 그 자리에 나타나지도 않았다. 애초에 성경에 대한 문자적 해석을 바탕으로 논리를 전개하는 기독교계 사이비 종교가 마태복음 24장 36절에 명확하게 나오는, 예수조차 '그날'을 모른다는 구절은 미처 읽어보지 못한 것인지, 의도적으로 외면하는 것인지 의아하다.

이만희는 속았다는 생각에 격노하여 백만봉과 다툼을 벌인 후, 본인의 거처로 신도들을 모아놓고 예배를 보기 시작했다. 마침내 이만희는 사이비 종교에 합류한 지 23년 만에 자체 세력화를 시도했다. 그는 장막성전에 대한 계승을 표방, 교단의 이름을 '신천지예수교 증거장막성전'으로 정했다. 1980년 9월 14일, 이만희가 정식으로 '신천지' 설립을 선포했다. 조직이 내세우는 창립기념일은 1984년 3월 14일이지만, 실질적인 시작은 그로부터 3년 6개월 이전인 이날로, 이만희는 1987년 9월 14일까지의 7년을 반반으로 나누어 전반부를 '인치는 역사'로 후반부를 '14만4천을 모으는 역사'로 규정했다. 따라서 '신천지'는 1980년에 시작되었고 1984년에 선포됐다. 그러나 2013년 신천지 표어가 '14만4천 완성의 해'였다는 점을 고려하면, 자칭 요한계시록 실상이자 '이긴자' 이만희는 본인의 주장과 달리 많은 패배를 경험했던 것으로 보인다.

여하튼, 이만희의 신천지 선포 이전 50년 인생은, 그야말로 '사이비 대장정' 그 자체였다. 그는 신비주의에 심취하여 박태선, 유재열, 구인회, 목영득, 백만봉을 비롯한 여러 사이비 교주들의 휘하를 전전했다. 그는 이 과정에서 여러 차례 절망적인 배신감을 마주하기도 했다. 이 시점에서 이만희가 '나는 사이비 종교에서 23년을 보냈다' 따위의 책을 쓰고 새롭게 출발했다면, 오늘날의 '신천지'는 존재하지 않았을 것이다. 그러나 그는 오히려 23년간 몸으로 익힌 교리와 조직수법들을 버무려 새로운 사이비 종교를 창설했다. 어떤 인간이든, 장기간 특정 조직의 일원으로 생활하면, 해당 집단의 습성을 자연스레 체득하지 않을 수 없다. 학교, 군대, 직장, 정당 어디든 마찬가지다. 따라서 이만희는 그 자체로 사이비 종교 원천기술 보유자였다.

신천지의 형성이 이러한 과정을 통해 진행된 결과, 신천지 교리는 대부분 그가 전전했던 여러 교단들에서 그대로 따온 것들이다. 이를 합리화하기 위해 신천지는 요한계시록에 등장하는 '일곱 교회' 중 두 교회가 사실 유재열의 장막성전과 백만봉의 재창조교회라는 얼토당토않은 주장을 펼치기도 한다. 이와 같은 주장은 사실상 논박이 불가능하다. 성경에 등장하는 특정 교회가 사실 광주에 위치한 아름다운 교회라고 믿는 사람이 있다고 치자, 이건 믿음의 영역이지, 이성의 영역이 될 수 없다. 차라리 그가 지목한 종말의 시점이 빗나갈 경우, 그는 틀렸음이 증명된다고 보아야 한다. 이만희는 신천지를 선포하며 1987년을 종말의 시점으로 제시했다. 물론 그의 주장은 보기 좋게 빗나갔다. 1987년 종말론이 불발되자 많은 이들이 신천지를 떠났다. 당시 신천지는 별 볼 일 없는 소수 종파에 불과했다. 그러나 이 시점에 신천지 조직의 성장을 완전히 책임지는 인물이 혜성처럼 떠올랐다. 그의 이름은 지재섭, 일흔을 넘긴 2020년 현재까지 신천지 베드로지파장이다. 그는 결혼 직후 장모를 통해 장막성전에 합류했고, 이만희와 함께 신천지 창립에 관여했다. 그는 본부에 남지 않고 광주에 내려와서 신천지 조직활동을 했다.

신천지 베드로지파는 1987년 광주광역시 동구 산수동에 위치한 작은 골방에서 시작되었다. 지재섭은 상당히 혁신적이었다. 그는 청소년, 청년들을 주축으로 조직을 꾸렸다. 이를 두고 다른 지역 구성원들에게 속된 말로 "애기들 데리고 뭐하는 짓이냐"라는 비아냥을 듣기도 했다. 당시 다른 지역을 거점으로 삼은 신천지 지역지부들은 40대, 50대 중년들을 중심으로 움직이고 있었다. 그러나 청소년, 청년들은 생각 이상으로 열성적이었다. 그들은 마치 유겐트나 홍위병이라도 된 마냥 신앙에 심취했고, 공격적으로 활동을 전개해나갔다. 가장 중요한 건, 그들 중 일부가 2020년 현재에도 여전히 50대 중후반의 나이로 활동하고 있다는 사실이다.

대한민국에서 가장 쉽게 청년을 조직할 수 있는 곳은 '대학가'다. 이들은 전남대학교를 전도의 교두보로 활용했다. 1990년대 내내 전남대 재학생들이 조금씩 신천지에 유입되었다. 그중에는 '학생운동'의 경험을 가지고 있던 사람들이 있었다. 5년간 신천지에 있었던 형민이 '개헌' 관련 강연회에 참석자로 동원되었다가, 모 장년부 간부와 길게 이야기를 나눈 적이 있었다. 해당 간부는 본인을 1994년도 전남대학교 NL 운동권 출신으로 소개했다(NL은 사회운동 정파 중에서도 통일을 강조하는 세력이다). 형민 역시 같은 계열 단체에서 활동했던 적이 있어, 해당 간부와 여러 가지 이야기를 나눌 수 있었다. 그는 당시 함께 활동했던 사람들 중에서 알게 모르게 신천지에 입교한 사람들이 많다고 했다. 그는 1994년도와 1999년도 전남대 활동가들이 특히 집단으로 신천지에 입교했다고 말했다. 물론 그는 잔존하는 NL 계열 활동가들에게는 '조직 이탈자'에 불과할 것이다.

1994년은 전남대 총학생회를 비롯한 광주지역 NL 계열 활동가들에게 가장 힘들었던 시기였다. 1999년도 마찬가지였다. 1997년에 있었던 '이종권 구타치사 사건' 등을 거치면서, 광주지역에서 NL 운동을 주도하던 남총련(광주전남대학총학생회연합)이 둘로 쪼개졌다. 이종권 구타치사 사건은 전남대 총학생회 간부들이 무고한 청년을 경찰이 보낸 스파이로 오인, 납치하여 고문하던 중 살해한 사건이다. 그해 남총련의 폭력성에 분노하여 조직을 대거 이탈한 사람들이 '청년공동체'라는 단체를 만들었다. 이들은 1999년까지 2년간 학생회를 운영했다. 이 과정에서 기존 NL 활동가들이 청년공동체 구성원들에게 술을 끼얹거나 돌을 던지는 사건이 발생하기도 했다. 그러나 청년공동체는 2년간 학생회를 운영했을 뿐, 새로운 길을 제시하지는 못했다. 이렇듯 사회운동이 방향성을 상실하고 망망대해를 표류하는 상황 속에서 신흥 종교에 귀의한 사람들이 있었다.

천국과 혁명은 닮아있었다. 물론 '인간관계'를 통해 신입 교인을 포섭하는 신천지 수법상 특정 집단 출신들이 두드러지게 조직에 합류하는 건 상당히 흔한 일이다. 그러나 운동권 출신 합류자들은 평범한 청년이면서 동시에 학생운동의 경험을 지닌 전직 대중운동가들이었다. 이들은 새로운 신도를 모집하기 위해 최선을 다했다. 이들이 '품성'을 갖추고 있었음은 물론이다. 일부 NL 조직 이탈자들은 신천지 베드로지파 조직문화 형성에 압도적인 영향을 끼쳤다. 신천지가 CBS 관련 집회를 할 때, 베드로지파 간부들이 "옛날 실력 좀 발휘해볼까"라는 농담을 하는 것에는 시사점이 있다. 베드로지파 구성원들에게 "장년부는 죄다 운동권 출신"이라는 말은 상식이다.

신천지는 초기에 '계시록 집회'라는 독특한 방식으로 전도를 진행했다. 주변 지인들에게 예배에 나와보라고 권유한 후 자신들의 교리를 알려주는 식이었다. 이는 한계가 명확한 전도방식이었다. 이들에게는 새로운 전도수법이 필요했다. 1990년, 신천지는 서울을 시작으로 무료성경신학원을 전국 각지에 세우기 시작했다. 성경을 알려주겠다며, 무료로 수업을 들어보라고 제안하는 방식이었다. 일명 '센터'가 등장했다. 1995년, 이만희 총회장을 비롯한 신천지 지도부가 '12지파' 구성을 완료했다. 신천지는 전국을 12구역으로 나눴다. 지재섭은 광주광역시, 전라남도, 전라북도를 총괄하는 베드로지파장을 맡았으며, 2020년 현재까지 현직을 유지하고 있다. 다른 지역들을 관할하는 11개 지파 수장들이 평균 2년 주기로 교체됨을 생각할 때, 그의 권력의 막강함을 보여주는 사례가 아닐 수 없다. 지파장 임명 권한은 교주에게 있다.

1990년대 후반이 되자 강연을 통한 전도도 점차 한계를 맞이했다. 무료성경신학원을 그만둔 사람들을 중심으로 신학원 운영주체가 신천지라는 사실이 알려지기 시작했기 때문이다. 수강생을 모으는 게 힘들어졌고, 이탈자가 속출하는 등 조직 전체가 위기에 봉착했다. 당시에는 신입 수강생들만 센터에서 수업을 들었기 때문에, 통제가 불가능했다.

이에 대한 해답을 제시한 건 역시 '베드로'였다. 신천지 베드로지파가 새로운 전도수법을 개발하여 전국에 전파했다. 일명 '모략포교'다. 여기에는 '복음방', '인섬교', '은사치기', '추수꾼'을 비롯한 세밀한 노하우가 포함되어 있었다. 이들은 전도하면서 자신들이 신천지라는 사실을 6개월간 알려주지 않고, '바보 과대표'로서 친분 관계를 극대화했다. 바로 나와 형민이 당했던 수법이었다. 이렇듯 대중운동의 경험을 가지고 있던 자들의 활약에 힘입어 신천지 베드로지파는 전국에서 가장 빠른 속도로 성장했다. 후발 주자에 불과했던 지파가 본부 신도 수를 추월한 것은 물론이고, 2020년 현재까지 신도 수 1위를 유지하고 있다. 이만희 교주는 요한계시록 6장 '밀 한되 보리 석되' 비유를 인용, 지재섭 지파장이 '보리 석되'에 해당한다며 조직 내 2인자임을 공인했다. 이만희 교주가 옥좌에서 권세를 누릴 때, 지재섭은 마치 사마의라도 된 것마냥, 그 의자 앞에서 군림했다.

베드로지파는 문화적으로 신천지를 주도해왔다. 신천지에는 베드로지파에서 시작되어 전국으로 확산된 것들이 생각 이상으로 많다. 신천지 전도 앱 중 가장 널리 알려진 'S-라인' 역시 베드로지파에서 자체적으로 사용하던 앱이었으나, 전국 표준으로 확립되었다. 신천지는 흰 와이셔츠에 검은 바지를 착용하는 '모나미 룩'을 공식 예배복장으로 규정한다. 이에 대해 교인들 사이에서도 '요한계시록 흰무리'에서 따온 것이 아니냐는 오해가 있다. 실제로는 지재섭 지파장이 깔끔한 스타일을 선호해서 예배복장을 '모나미 룩'으로 통일하는 게 어떻겠냐고 이만희 교주에게 제안했고, 그의 윤허를 받은 후 전국으로 확산된

문화다. 1991년부터 2011년까지 신천지 베드로지파에서 활동했던 현직 목사에게 직접 들은 이야기다. 내부적으로는 예배볼 때는 깔끔한 복장을 해야 하기 때문에 권장한다고 주장한다. 신천지로 인해 모나미 룩을 입지 못하고 있는 분들께 안타까움을 전한다. 이외에도 신천지 수료식 때 착용하는 학사모와 졸업식 복장을 비롯한 여러 조직문화의 핵심요소들 역시 베드로지파에서 시작되었다. 베드로지파 교인들은 본인들의 영향력에 나름의 자부심을 느끼고 있으며, 일부 강사들은 설교시간에 이러한 것들을 대놓고 자랑한다.

신천지는 교단의 주요 목적 중 하나로 '통일'을 내세우고 있다. 신천지 베드로지파 역시 광주에서 '조국통일 평화마라톤'을 주최하는 등 열성적인 통일운동을 전개해왔다. 신천지 베드로지파에 가면, 외부인도 볼 수 있는 곳에 거대한 비석 2개가 세워져 있다. 그중 하나가 바로 이만희 교주의 이름으로 발표된 '조국통일선언문'이다. 2016년, 신천지 베드로지파 몇몇 교인들이 위장단체 '파우스톤즈'를 설립하여 전남대 총학생회 등과 함께 전남대 경영대 앞뜰에 '통일바람개비 언덕'을 조성했다. 위장단체 '파우스톤즈' 대표가 바로 2017년도 전남대 총학생회 선거개입 사건을 주도한 장수경이다. 신천지는 매년 잠실운동장에서 개최하는 만국회의 기념행사장에서 통일 관련 카드섹션을 펼치기도 하는데, 여기서 참으로 아이러니함을 느끼지 않을 수 없다.

2000년대 초반, 신천지는 전남대학교 내부 조직력을 바탕으로 전남대 총동아리연합회를 4년간 완전히 장악했다. 이는 신천지와 전남대 총학생회의 세력 다툼으로 이어졌고, 실제 몸싸움이 벌어지기도 했다. 신천지 모 전도사는 “전대 총학 간부들이 자기네 사람들 자꾸

빼간다고 머리채 잡아서 몸싸움을 한 적이 있다"고 이야기했다. 신천지가 NL 조직 이탈자들을 통해 조직적 영향을 받은 건 사실이지만, NL 세력 입장에서 신천지는 본인들의 조직원들을 빼가고, 조직 전략 중에서 필요한 것들을 취사선택하여 활용한 골칫거리였다. 내가 청소년 시절에 활동했던 NL 계열 청소년 단체 21세기 청소년공동체 희망 광주지부에서는 나와 동 시점에 활동하던 사람들 중 5명이 신천지에 갔다. 조직에 숨어든 '추수꾼' 때문이었다. 나는 나중에야 이 사실을 알았으며, 간부들이나 그 시절에 함께 활동했던 사람들은 여전히 그들이 신천지에 들어간 사실을 모르고 있다.

2020년 현재, 신천지 20만 신도 중 전남대 출신은 졸업, 재학, 중퇴를 포함하여 최소 5천 명 이상으로 추정된다. 앞서 언급한 대로, 1995년, 12지파를 완성할 당시 신천지 베드로지파는 호남 전체를 담당하고 있었다. 그러나 세력이 강성해지자, 전북이 '도마지파'로 독립되었고, 지재섭 지파장이 직접 전주에 가서 조직을 꾸리는 것을 도왔다. 이것을 내부적으로 구약의 야곱이 열두 아들에게 내린 복 중에서 요셉이 받은 "네 덩굴이 담장을 넘어갈 것이다"에 비유하여, "베드로지파는 두 지파를 꾸렸다"고 칭송한다. 베드로지파 간부 중에는 이 모든 게 광주(光州)의 '光'(빛 광)이 하나님의 빛이었기 때문에 가능했다고 이야기하는 사람도 있다. 이 때문에 요셉-베드로 지파라는 칭호도 있지만, 잘 쓰이지는 않는다.

1990년대 후반 시점에 어느 정도 조직체계를 완비한 베드로지파는 전국 각지에 조직원들을 파견했다. 지재섭은 전북 이외에도 부산 등지에서 조직활동을 지원했다. 그는 대전, 충남, 충북 지역에도 조직원들을 파견했다. 이들에게는 훗날 '특전대'라는 이름이 붙여졌다. 이때 지재섭이 파견한 특전대가 만든 조직이 충청권을 관할하는 '맛디아지파'다. 대전, 충남, 충북을 관할하는 장방식 맛디아지파장은 지재섭 베드로지파장과는 사돈지간이다. 장방식은 1991년 광주 서구 농성동 센터 강사였는데, 대전에 파견된 이래 충청권을 전담해왔다.

호남 지역 신천지 세력은 베드로지파 39,261명(광주, 전남), 도마지파 12,313명(전북)을 더해 약 5만 2천여 명으로 전체 신천지 교인의 25%를 차지하고 있다. 국내 신도수 3위에 해당하는 맛디아지파 역시 베드로지파로부터 결정적인 영향을 받았다. 결론적으로 지금의 신천지는 이만희 교주가 수십 년간 사이비 종교들을 전전하며 터득한 사이비 교리에 정치조직 방법론과 열성적인 청년 신도들의 희생과 헌신이 더해져 완성된 것으로 볼 수 있다.

02 신천지, 그들의 비도덕성

신천지와 기성 교회의 가장 큰 차이는 무엇일까? 우선 밝히건대, 나는 헌법이 보장하는 '종교의 자유'의 확고한 옹호자다. 종교의 자유라 함은, 헌법의 관점에서 '합리적 이성으로 납득할 수 없는 것마저 자유를 보장받아야 함'을 의미한다. 따라서 '이단' 논쟁은 기독교적 관점에 불과하며, 법 앞에서는 2천년 전에 시작된 기독교나 30년 전에 시작된 신흥종교나 똑같은 권리를 누리는 게 맞다. 믿음의 합리성과는 별개의 영역이다. 믿음 자체는 오롯이 개인의 선택이기 때문이다. 기성 교회 역시 목사의 성범죄나 무리한 헌금 강요, 횡령 등으로 구설에 오르는 일이 잦다. 그러나 신천지의 범죄는 일부 구성원의 일탈을 넘어 조직 전반적으로 이루어진다. 이것이 바로 '신천지 문제'의 핵심이다. 앞에서 신천지에 대한 많은 것들을 다뤘다. 여기서는 가스라이팅(gaslighting, 심리지배)과 노동착취를 다루고자 한다.

신천지에는 '은사치기'라는 포교전략이 있다. 가령, 신천지가 동규를 포섭하기 위해 친한 친구 형민을 보낸다고 해보자. 형민이 동규에게 만나자고 연락하고, 두 사람은 곧 카페에서 만난다. 형민은 동규에게 성경공부를 제안한다. 평소 성경에 관심이 있던 동규지만, 바쁜 일상 탓에 거절하고 돌아선다. 며칠 후, 형민이 다시금 만나자고 연락을 한다. 그런데 약속장소로 가는 길에 매서운 눈빛을 한 사람이 말을 건넨다.

"너 지금 큰 실수하는 거야", "지금 공부하는 거 포기하면 부모님이 돌아가실 수도 있어."

이 이야기를 한 의문의 인물은 빠르게 인파 속으로 사라진다. 동규는 두려움을 느끼게 되고, 결국 형민의 제안을 수락한다. 이 모든 것은 형민이 전도사와 함께 사전에 기획한 것이다. 그러나 실제로 공부를 제안받으며 이 같은 상황에 마주할 경우, 은사치기를 정확히 간파하는 건 불가능에 가깝다. 1대1로 누군가를 만나는 상황에서, 그 사람의 배후에 여러 사람들이 있고, 그들이 작정하고 자신을 속이고 있다고 생각하는 건 어려운 일이기 때문이다. 보통의 사람들은 오히려 성경공부에 정말 특별한 비밀이 숨겨져 있다고 생각할 수밖에 없다.

'은사치기'는 명백한 '가스라이팅'이다. 이러한 행위들이 조직 전반에 걸쳐 지속적으로 이루어진다. 성경공부를 도중에 그만두려고 해도 이런 가스라이팅에 마주한다. 결국 신천지를 떠나면 죽게 될 것이라는 두려움 때문에, 신천지를 그만두지 못하고 남는 이들이 생긴다. '은사치기'는 이와 같은 단적인 사례에 그치지 않고, 조직 전반에 걸쳐 이루어진다. 기성 신도들도 헌금을 안 내거나 전도에 나서지 않는다는 이유로 은사치기를 당한다. 신천지는 미디어, 인터넷 등을 '사탄의 독'이라고 가르치고, 내부 설교 시간에 잘 짜여진 거짓말을 늘어놓는데, 역시 교인들을 대상으로 한 은사치기로 볼 수 있다.

조직적 가스라이팅의 가장 비열한 사례는, 이만희 교주가 한때 신천지 2인자로 불린 김남희에게 행했던 사례다. 이만희는 서울에서 신천지 6개월 교육을 마치고 수료한 김남희를 눈여겨보고 있었다. 김남희는 압구정동 현대아파트 큰 평수에 거주하던 부유한 사람이었다. 수료 직후 이만희가 김남희의 별장에 찾아갔다.

이만희는 "나는 사실 총각이다. 나에게는 하나님께서 보내주시는 짝이 있어서 그 사람과 결혼을 해야 한다. 그게 당신이고, 때가 돼서 당신이 신천지에 온 거다"라고 말했다. 당시 김남희에게 이만희의 말은 곧 법이었다. 황당하기 짝이 없는 일이지만, 김남희는 이만희와의 동거를 수용했다. 이만희는 곧 "남편과 이혼해야 한다. 그렇게 하지 않으면 남편이 죽고 가족들도 다 지옥 간다"고 협박했다. 김남희에게는 남편과 두 자녀가 있었다. 김남희가 "하나님은 가정을 지키라고 가르쳤다"고 반문해도 소용없었다. 결국 김남희는 이혼했다. 그 이후 이만희는 김남희에게 돈을 요구하기 시작했다.

김남희는 이만희의 요청으로 경상북도 청도 이만희 부모 묘소에 있는 과수원을 샀다. 거기에 '만남의 광장' 건물을 지어주었다. 이만희 큰조카에게 농지도 사줬다. 5억 대출을 안고 자신이 소유한 건물을 내어주는 조건으로, 경기도 가평에 별장도 얻었다. 박물관 자리를 알아보라는 말에 23억 대출을 안고 청평에 자리를 마련했다. 고성에 땅을 사라고 해서 사주었다. '평화의 궁'을 지으라고 해서 100억원이 넘는 돈을 들여 건물을 지었다. 김남희는 가정을 잃고, 대부분의 재산을 잃었다. 2017년, 1천억원이 필요하다는 요구를 받은 김남희는 결국 조직을 이탈했다. 신천지는 "김남희는 배신자"라고 발표했다. 김남희는 2020년 초에야 유튜브 채널 '존존TV'에 출연해서 이와 같은 사실들을 이야기할 수 있었다. 신천지 2인자도 집단적 가스라이팅은 피해갈 수 없었다.

신천지에는 20만명이 넘는 신도가 있다. 그 어떤 조직이든, 인간의 노동력을 전제로 생명을 유지한다. 신천지 조직의 핵심은 전도에 있다. 멈추지 않고 전도 활동을 지속하는 것으로 조직을 보존한다. 신천지에 다니는 광주 지역 20대, 30대 청년들은 새로운 사람을 전도하기 위해 끊임없이 노력한다. 그들은 1주일에 6일을 신천지에서 보내기도 한다. 센터에서 4일, 신천지 본당에서 2일을 보내는 것이다. 그러나 이들은 한 푼도 받지 못한다. 대부분의 청년들은 사실상 무상으로 노동력을 제공하고, 매달 적지 않은 금액의 헌금을 내고 있다. 월급을 받는 건 '전일사역자'로 분류되는 부서장급 이상부터다.

신천지는 사람들을 용이하게 관리하기 위해 구역을 둔다. 대학가의 경우에는 대학별로 사람들을 묶고, 이외에는 지역별로 분류한다. 구역부터 총회까지 수직적으로 올라가는 체계가 존재함은 물론이고, 체계마다 부서가 있다. 신천지 총회에도 부서가 있고, 베드로지파에도 부서가 있고, 청년회에도 부서가 있고, 전남대 구역에도 부서가 있는 식이다. 청년회에는 일반 청년들이 소속되어 있는 청년부가 있고, 대학생들이 소속되어 있는 대학부가 있다.

예컨대, 김동규가 '신천지 베드로지파 광주교회 청년회 대학1지역 전남대 1부 1구역' 소속이라고 해보자. 대학을 다니며 활동을 병행하는 1구역장은 월급을 받지 않는다. 전일사역자에 해당하는 전남대 1부장은 월급으로 약 30만원을 받는다. 대학1지역장은 월 50만원을 받는다. 센터에서 전도를 전담하는 전도사들도 월 50만원을 받는다. 그곳에서 하루 5시간씩 주 4일간 강연을 진행하는 강사들은 월 70만원을 받는다. 이들 전원은 최저임금의 절반도 받지 못하고 있다. 이것은 심각한 수준의 노동범죄에 해당한다. 대부분의 시간을 신천지에서 보내는 사람이 이 정도 월급을 받고 도대체 어떻게 삶을 유지하는 것일까?

당연한 이야기지만, 이들의 삶은 신도들의 헌금을 통해 유지된다. 위에 언급되는 김동규는 매달 청년회에 청년회비 1만원, 대학1지역에 지역회비 3천원, 전남대 1부에 부서회비 5천원, 1구역에 구역회비 2천원을 내야 한다. 물론 베드로지파에 내는 십일조는 별개다. 이외에도 절기헌금, 감사헌금, 건축헌금 등을 별도로 낸다. 이렇게 모인 돈들은 각 단위에서 자체적으로 사용된다. 따라서 전남대 1부장은 식사, 교통비 등 사역에 들어간 비용을 영수증 처리를 통해 부서회비에서 집행한다. 사실상 내부에서 모든 게 해결된다. 그러나 이렇게 모인 회비마저 상부의 지시에 따라 사용되는 경우가 있다. 신천지는 '천지일보'라고 하는 신문사를 설립하여 운영하고 있다. 신문 정기구독자가 늘지 않자, 상부에서 구역별로 정기 구독을 실시하라고 지시했다. 이에 따라 각 구역들이 구역회비에서 매달 천지일보 구독료를 지출하고 있는 실정이다. 전일 사역자들은 최소한의 월급으로 고시원 등을 전전하고, 남는 시간에 알바를 한다. 정말 최소한으로 삶을 유지하는 것이다. 나는 이것은 지속 가능하지 않을뿐더러, 한 인간의 모든 가능성을 박탈하는 것이라 믿고 있다.

누군가 신천지에서 7년을 보냈다고 해보자. 모아둔 돈이 있을 리 없고, 모든 관계가 신천지에 매여있는 상황에서, 당신은 용기 있는 새 출발을 할 수 있겠는가? 대부분은 인간에게 그것은 불가능에 가까운 선택이다. 신천지는 "제사장이 되면 세상 사람들이 성경을 가르쳐달라고 부탁하며 가진 것들을 모두 바칠 것"이라고 교육한다. 그들은 청년들에게 적금도 들지 말고 교회 일에 열중하라고 가르친다. 이들은 실로 가스라이팅과 노동착취로 무장한 범죄집단이 아닐 수 없다. 신천지 수뇌부는 신도들이 제공하는 노동력과 돈을 바탕으로 호화로운 저택에서 안락한 삶을 누리고 있다. 그들에게는 부끄러움이 없다.

03 신천지에는 최소 300만명의 개인정보가 있다

신천지의 '명부 관리'는 놀라울 정도로 체계적이다. 이들은 최소한의 접점이 있는 모든 사람들의 개인정보를 축적해둔다. 명부에서 A를 검색하면, 본인은 신도가 아니지만, 그의 어머니가 신천지라는 사실이 바로 확인될 정도다. 신천지는 큰돈을 들여 제작한 프로그램에 오랫동안 모아둔 정보들을 축적해두었다. 이들의 명부에 대한 집착은 놀라울 정도이며, 이러한 집착 덕에 데이터가 쌓일수록 전도는 더욱 수월해졌다. A는 B를 알고, B는 C를 안다. C는 E를 알고, D는 B를 안다. 신천지는 이 모든 관계를 한눈에 볼 수 있는 프로그램을 설계해두었다. 강사는 이것이 마치 거대한 그물망과 같다고 자랑한다. 이것이 중대한 개인정보 보호법 위반임은 물론이다.

신천지는 신도들에게 내부 앱 S-Line에 알고 있는 연락처를 전부 기입하라고 지시한다. 신도들이 본인들이 가지고 있는 연락처를 앱에 입력하면, 신천지 신도가 아닌 H의 연락처를 가지고 있는 사람들이 파악된다. 곧 텔레그램 방이 만들어지고, 초대된 사람들이 H와 어떤 관계에 있는지 이야기한다. 곧 H에 대한 전도가 시작된다.

신천지 데이터베이스에는 전도 대상자에 대한 구체적인 정보들이 기록되어 있다. 거기에는 무엇을 좋아하는지, 어린 시절에 어떤 일을 겪었는지, 심지어는 전 애인과 언제 헤어졌는지 등을 비롯한 정보들이 차곡차곡 쌓여있다. 김동규와의 만남을 앞두고, 축적된 정보를 모아 적절하게 활용한다면 관계에서의 우위를 점하는 건 손쉬운 일이다. 가령, 전도 대상자가 와인을 좋아할 경우, 몇 번 만남을 가진 상태에서 인도자가 "내가 제일 좋아하는 술은 와인"이라는 이야기를 꺼낸다. 이 경우 대부분의 인간은 그 사람과 통하는 게 많다고 느끼게 된다. 인간은 동질감에 약하다.

04

신천지는 '교회 탐방'을 부서별로 할당한다

천군부 바벨 탐방 광고
🙏일시 02.09 일
🙏바벨 탐상 대상 교회는 자율적으로 선택해서
참석후 보고해주시면 되겠습니다.
구역별로 2명 이상 반드시 탐방 후 보고
부탁드립니다.

1
2
3
4
5
6
7
8

구역에 광고 후 신청 받고 갈 사람 없으면 팀장 분들이
사명자 회의 불참하더라도 반드시
다녀와야합니다⁉❗
오후 2:01

이 사진은 신천지 내부 텔레그램 대화방에서 모 간부가 '바벨 탐방'을 지시하는 내용이다. 여기서 '바벨(론)'이라는 단어가 등장하는데, '바벨론'은 성경적으로 우상숭배, 사탄, 배교를 상징한다. 신천지는 본인들을 제외한 모든 종교를 바벨론으로 규정한다. 본인들만이 생명, 진리, 양식이라는 오만한 사고방식이다.

문제는 이것이 단순한 규정을 넘어 실질적인 행동으로 이어진다는 것이다. 앞서 언급된 것처럼, 신천지는 이따금 신도들에게 이단(일반

교회)을 탐방하고 오라는 지시를 내린다. 심지어 센터 수강생을 대상으로 이단을 보고 오라는 과제를 내주기도 한다. 수강생은 잎사귀와 함께 2인 1조로 일반 교회에 방문하여 목사의 설교를 듣는다. 이때도 방문자, 방문일시, 방문교회에 대한 정보가 윗선에 보고된다. 센터 수강생들은 기성교회 목사의 설교를 듣고 크게 실망한다. 센터에서 수업을 진행하는 강사들이 탁월한 실력을 갖추고 있기 때문이다. 물론 같은 주제를 두고 각자의 논변을 펼치는 것이 아니기 때문에 정당한 비교가 아님은 물론이다.

신천지 신도들에게는 주기적으로 바벨 탐방 지시가 하달된다. 권력이 가장 막강한 부서 중 하나인 섭외부에서 부서별 할당량을 정한다. 해당 지시는 반드시 수행되어야 한다. 이 과정에서 자연스럽게 '적'에 대한 적개심이 주입된다. 신천지는 바벨 탐방을 통해 적의 존재와 규모를 조금씩 파악한다. 신도들이 추합한 정보들이 자연스럽게 '교회 사냥'에 이용된다.

신천지에는 '교회 사냥' 전문 부서가 있다. 교회 사냥은 내부적으로 '산 옮기기'라고 불린다. 해당 부서는 다수의 신천지 신도들을 시간 차를 두고 일반 교회에 파견한다. 해당 교회에 파견된 신도들은 '사역자 역', '평신도역' 등의 역할을 나누어 맡는다. '사역자 역'을 맡은 신천지 신도는 교회에서 직책을 맡고 일을 도맡아 한다. 이를 위해 목사증을 취득하기도 한다. '평신도 역'들은 꾸준히 교회에 다니며 해당 교회 교인들과 친분을 쌓는다. 물론 이 경우에도 '꾸준함'의 정도를 달리 설정하는 것으로 의심을 피한다. 어떤 사람은 열성적으로 활동하고, 어떤 사람들은 적당히 활동하고, 어떤 사람들은 가끔 얼굴을 내민다. 그리고 때가 다가온다.

일반 교회에 잠입한 신천지 신도 10명이 친하게 지내는 교인들에게 "A목사가 B를 성추행했다더라"라는 내용의 유언비어를 퍼트린다. 다른 신천지 신도 5명은 "그 목사 완전 개새끼네"라는 식으로 해당 목사를 비난한다. 이들은 비난의 수위를 달리하며 여론을 형성한다. 인간은 이러한 비난 앞에 무력하다. 곧 일반 신도 몇 사람도 "요새 들어보니까 그 목사님이 이렇다더라"라는 이야기를 꺼내기 시작한다. 신천지 신도 1명은 여러 사람이 있는 자리에서 목사의 인격을 원색적으로 공격한다.

이런 과정을 몇 번 거치면, 교회 간부들도 사람이기 때문에, 상처를 입고 교회를 떠나기 시작한다. 이후 해당 교회에 파견되는 신천지 신도의 숫자는 더욱 늘어난다. 주요 간부들이 정리되면, '사역자 역'이 교회 요직을 차지한다. 그는 곧 일반 교인들에게 신천지 교리를 가르치기 시작한다. 이러한 과정을 통해 '신천지 위장교회'가 탄생한다. 적의 존재는 내부 구성원들의 도덕적 기준을 모호하게 한다. 신천지는 이를 정확하게 알고 있으며, 이들은 의도적으로 구성원들의 도덕적 기준을 무너뜨려 무기로 삼는다. 신천지의 관점에서 일반 교회, 일반 목사는 적이기 때문에, 그들의 삶은 파괴해도 된다.

05 신천지와 소수자

신천지에는 많은 여성들이 존재한다. 신천지 내부에서 여성은 전체 구성원의 70%에 달할 정도로 절대적인 다수이다. 그러나 그들이 평등한 인간으로서 인정받는가 하면, 결코 그렇지 않다. 신천지는 여성을 동등한 주체로 인정하지 않는다.

신천지에는 이만희 교주 휘하에 7교육장 12지파장 24개 부서장을 둔다. 이만희 교주에게는 지파장 임명 권한이 있다. 그가 임명한 지파장 12명은 전원 남성이다. 국가로 따지면 장관급에 해당하는 24개 부서장 역시 대부분 남성이다. 일선 강사의 절대다수도 남성이다. 그러나 전도사들은 대부분 여성이며, 남성은 전도사를 맡아도 금방 강사로 올라가거나 내무부 요직을 맡는다. 가장 낮은 직급인 구역장 역시 대부분 여성들이 전담한다.

일반 신도의 70%는 여성인데도 신천지는 위로 올라갈수록 남성 비율이 극단적으로 높아지는 기형적인 구조를 가지고 있다. 여성 신도들은 능력이 독보적으로 뛰어난 몇 사람을 제외하고는 대부분 보조적인 역할을 떠맡는다. 신천지 내부에서도 "자매들이 형제들보다 말도 잘하고 전도도 확실히 잘한다", "여성 신도는 높은 자리에 올라가기 힘든 것 같다"는 이야기가 파다하다. 어떤 교육에서는 "사마리아 여인이 예수에게 보인 믿음이 사실 열두 제자가 보인 것보다 컸다"고 말하며 "열두 제자는 예수를 보고도 믿지 않았었다"고 교육한다. 그는 "사마리아 여인은 여성이었기 때문에 열두 제자에 포함되지 못했다"고 했다. 간혹 불만의 목소리가 나오면, "우리는 신앙을 하기 위해 이곳에 모였지, 세상의 것을 논하기 위해 모이지 않았다"고 일축한다.

신천지 여성 신도들은 들어보지 않았겠지만, 신천지 남성 강사들 중에는 남성들만 있는 자리에서 "사실 말씀이라는 게 성경적으로 '씨앗'이라 볼 수가 있지. 이 씨앗, 육체적으로 누구한테 있어? 남자한테 있잖아. 하나님도 사실 남자 좋아하는 거야"라는 이야기를 공공연하게 하는 사람도 있었다고 한다.

그는 여성이 1명이라도 있는 자리에서는 결코 이런 이야기를 꺼내지 않았고, 여성들이 일도 잘하고, 헌신적이라고 이야기했다. 70%가 여성인 집단에서 주요 간부는 커녕 일선 강사들 사이에서도 여성을 찾아볼 수 없는 걸 보면, 극단적인 차별의식이 느껴져 서글퍼지기까지 한다. 교주 이만희 역시 대놓고 성차별 의식을 드러낼 때가 있다. 구성원의 70%가 어떻게 이런 취급을 받을까 싶지만, 애초에 한국사회라해서 무엇이 다르겠는가.

신천지는 전도하기에 적합한 사람을 내부적으로 '합당한 자'(합자)라고 부른다. 반대로 전도 제외 대상도 있다. 일명 '적합하지 않은 자'(비합자)이다. 낙태를 경험한 사람, 우울증 등 정신 문제를 앓고 있거나 앓았던 사람, 장애인과 성소수자는 포섭대상에서 제외된다. 신천지는 전도 대상의 장애 여부나 성적 지향 여부를 데이터 베이스에 기록하여 다시는 이 사람에 대한 전도가 진행될 수 없도록 한다. 신천지는 최종적으로 '인맞은 14만4천명'이 모여야 한다고 주장한다. '인맞은'은 바꿔말해 '도장 찍힌' 정도의 의미로 '교리공부를 마친 사람' 정도로 통용된다.

결론적으로 신천지는 이들 14만4천 명이 천국에서 제사장으로 군림하며 영원한 육체 영생을 누린다고 한다. 만에 하나, 천국에서도 극소수 14만4천 명이 제사장으로 섬김을 받는다면, 그것은 결코 평등세상도, 이상세계도 아닐 것이다. 심지어 그 자리에 장애인, 성소수자와 같은 이 세상을 함께 살아가는 동료 시민들이 배제된다면, 많은 사람들은 그곳에서 신에 맞서야 할 것이다. 당신들의 천국에 유감을 표한다.

맺음말

·

형민

나는 걱정이 많은 사람이다. 그래서 언제나 최악의 상황을 대비한다. 이 책의 출판으로 말미암아 신천지의 공격을 받을 수 있다고 생각했다. 그러나, 이 책을 쓰지 않는다면, 나는 그들로부터 완전히 벗어나지 못한 것과 다르지 않다.

나에게 죽음은 너무 일찍 다가왔다. 인간은 반드시 죽는다. 나는 그것을 인정할 용기가 없었다. 죽음이라는 현실을 인정하기 싫었던 나약한 꼬마는 죽지 않는다는 환상 속으로 도망쳤다. 나는 이제야 스스로가 잘못된 판단을 하였고, 신천지에서 시간을 낭비했다는 사실을 인정했다. 이것을 인정함으로써 나는 앞으로 나아갈 수 있었다.

글을 쓰다 보니, 정말 많은 분량이 나왔다. 어떤 부분을 줄여야 할지, 고민에 고민을 거듭했다. 우리의 작업으로 신천지의 실체가 더욱 명백히 드러나고 더 이상의 피해자가 나오지 않기를 원한다. 신천지에서 나온 3만 명이 넘는다는 탈퇴자와 센터 과정에서 신천지를 그만둔 10만 명이 넘는 사람들이 이러한 문제를 함께 알려주었으면 좋겠다. 작년 9월부터 쓰고 있던 글이었지만, 신천지가 '코로나 19 감염사태'로 인해 범국가적인 주목을 받을 것이라고는 전혀 예상하지 못했다. 우연인지, 운명인지 아이러니한 일이다.

이 글을 쓰는 동안 여러 언론사와 인터뷰를 했다. 수많은 사람들로부터 응원을 받았다. 지금이라도 나와서 다행이라고, 용기 내서 진실을 알려주어서 고맙다는 말을 들었다. 그들로 인해 망가진 사회의 모습들이 조금이라도 복구되었으면 좋겠다.

맺음말

· 동규

나는 지난 2013년 이래 7년간 활동가의 삶을 살아왔다. 정당, 노동조합, 시민단체의 활동에 관여했다. 그런 나에게 5년 전에 3개월에 걸쳐 일어났던 '사건'은 사실 그다지 중요한 일은 아니었다. 나는 그곳에 모든 것을 쏟지도 않았으며, 오히려 그들에 대해 많은 것들을 배울 수 있었다. 그러나 나는 그날 이후로도 신천지라는 조직에 대해 항상 고민했다. 내가 그들에게 천착해왔던 이유는 결국 형민이라는 친구가 있었기 때문이었다.

나는 신천지가 명백히 틀렸다는 사실을 알고 있었다. 그러나 굳이 형민에게 이야기를 꺼내지는 않았다. 그것만으로 그를 그곳에서 빠져나오게 할 자신이 없었기 때문이다. 나는 한동안 인간에 대한 고민에 빠졌다. 결국 내가 할 수 있었던 일은, 그저 믿고 기다리는 것뿐이었다. 마치 형민과

A가 홀연히 센터를 그만둔 김동규가 다시 돌아오기를 바라며 기도했듯이. 그리고 형민은 돌아왔다. 그의 성향에서 비롯된 일이었지만, 분명 운 좋은 일이기도 했다. 우리는 이것을 '운 좋은 일'로 남겨두지 않기로 했다. 이것이 우리가 이 책을 쓴 이유다.